Dirección Editorial: **Raquel López Varela**
Coordinación Editorial: **Ana María García Alonso**
Maquetación: **Cristina A. Rejas Manzanera**
Diseño de cubierta: **Francisco A. Morais**
Ilustración de cubierta: **Brian Selznick**
Título original: *The Last Holiday Concert*
Traducción: **Alberto Jiménez Rioja**

Primera edición del 978-84-441-4363-7
(Tercera edición del 978-84-241-1306-3)

Copyright © 2004 by Andrew Clements
© EDITORIAL EVEREST, S. A.
Carretera León-La Coruña, km 5
ISBN: 978-84-441-4363-7
Depósito legal: LE. 732-2011
Printed in Spain - Impreso en España

EDITORIAL EVERGRÁFICAS, S. L.
Carretera León-La Coruña, km 5
LEÓN (España)
Atención al cliente: 902 123 400
www.everest.es

El último concierto

Andrew Clements

everest

Para mis hijos George William Clements
y Charles Philip Clements

LOS CHICOS DEL PALMER

Hart Evans estaba sentado en la primera fila esperando que empezara la segunda función más importante del año. Los últimos alumnos en llegar seguían buscando sitio, así que había un alboroto de cuidado. Hart se volvió y paseó la mirada por el auditorio. Después de dos meses y medio de colegio, muchas caras le resultaban aún desconocidas.

Mientras el último grupo de chicos se sentaba, Hart se dio cuenta de algo que nunca había percibido antes. Lo que Hart vio fue el sexto curso al completo, casi cuatrocientos alumnos. La idea que se le ocurrió fue como una iluminación, como un arrebato del entendimiento.

Se dijo: "¡Ahora somos los chicos del Palmer!".

En el pueblo de Brentbury, los alumnos cursaban preescolar, primero, segundo, tercero, cuarto y quinto en el Colegio Collins o en el Colegio Newman. Como dos arroyos que se precipitan por distintas laderas de la misma colina, los alumnos del Collins y los del Newman borboteaban separadamente durante seis años. Esos dos arroyos de chicos confluían por primera vez en el Centro Palmer de enseñanza media, donde se transformaban en una charca arremolinada de alumnos de sexto.

Cada otoño era lo mismo: a estos nuevos alumnos les llevaba un par de meses dejar de considerarse chicos del Newman o chicos del Collins. Por octubre o noviembre las aguas empezaban a remansarse: "Ya somos los chicos del Palmer".

Así que Hart se percató en el momento preciso.

A Hart Evans le gustaba estar en el Centro Palmer. Era muy diferente del colegio de primaria. Y esa diferencia se debía en parte al edificio. Todo era mayor: el gimnasio era más grande, la cafetería más espaciosa, los campos de deportes tenían mayores proporciones y había un gran auditorio con un escenario de verdad. Hasta más o menos quince años atrás, el Centro Palmer había sido la escuela intermedia, y eso seguía pareciendo.

También funcionaba como si lo fuera. Todos los alumnos disponían de una taquilla. Desde primera hora de la mañana iban de clase en clase, de asignatura en asignatura y de profesor en profesor hasta que acababa el día lectivo. Era una experiencia escolar completamente nueva. Dar el salto al Centro Palmer de enseñanza media hizo que Hart tuviera la sensación de que por fin progresaba.

Una de las cosas que prefería del Centro Palmer era que su hermana pequeña, Sara, no estudiaba allí. Ella hacía cuarto en el Colegio Collins de enseñanza primaria, donde siempre había ido dos cursos por detrás de él. Ya desde preescolar, Sara había sido como un chicle pegado a la suela del zapato. No había perdido ocasión de tomar el pelo, fastidiar o avergonzar a su hermano. Encima era una entrometida y una chismosa, y jamás había aceptado el hecho de que Hart fuera el chico más popular del Colegio Collins, lo que era cierto.

Sara era incapaz de entender por qué su hermano simpatizaba con todo el mundo. Pero, sin duda, les gustaba. ¿Quién tenía siempre quince chicos apelotonados en su mesa a la hora de comer? Hart. ¿Quién era elegido en primer lugar en el recreo para jugar al béisbol o al balón prisionero? Hart. ¿Quién era invitado a todos y cada uno de los cumpleaños (al menos dos invitaciones por semana)? Siempre el mismo chico: Hart.

Sara conocía otra cara de Hart Evans. En el colegio era don Genial; en casa era más bien un estudiante demasiado aplicado o un científico chiflado. Hasta tenía su propia mesa de trabajo, que en realidad era un viejo escritorio en forma de L con cuatro patas roñosas y un gran cajón en el lado más largo.

Hart lo divisó al fondo del patio de alguien un sábado por la mañana al volver de jugar al fútbol.

—¡Mamá, rápido! ¡Para el coche! ¡Necesito ese escritorio, es increíble!

—Es un trasto viejo, cariño. Ya tienes un escritorio precioso.

—Pero éste sería para los trabajos del colegio, mamá. Necesito un sitio para hacer experimentos y cosas; como los proyectos de ciencias, ya sabes. Quedaría estupendo en la esquina de mi habitación, junto al armario. Ni siquiera notarás que está.

Pero su hermana sí lo notó. Cuando Hart salía de casa, ella se dedicaba a investigar las tonterías que su hermano era capaz de hacer, como usar el taladro eléctrico que le habían regalado por Navidad para agujerear centavos y tapones de botellas y bellotas y lápices, y cosas así, o usar pegamento para hacer esculturas de clavos y trozos de piedras y tuercas oxidadas y tornillos, o crear enormes imitaciones de mocos con pegamento, o usar pedacitos de botellas de cristal azules y verdes para construir vidrieritas estrambóticas. ¿Y a santo de qué había transformado todos esos envases de leche en un revoltijo amorfo lleno de bultos, y por qué tenía tantos tipos de gomas elásticas, bolsas y bolsas de ellas?

Como desde preescolar, Sara había ido dos años por detrás de su hermano siempre habían descubierto su identidad.

—¿Te apellidas Evans, verdad?

Ésa solía ser la primera pregunta. Después Sara veía que el profesor o la profesora la miraba de arriba abajo y, poco a poco, encajaba las piezas: el óvalo de la cara, los ojos azules, el pelo castaño rojizo, la complexión delgada y la altura algo superior a la media, todo coincidía en ambos hermanos. Y después el profesor o la profesora ponía la consiguiente cara risueña y decía:

—Ooooh, sí, ¿debes de ser la hermana pequeña de Hart, verdad?

Y Sara acostumbraba a sonreír y a asentir. En segundo curso dejó de sonreír. Y en tercero dijo:

—Sí, Hart es mi increíble, fantástico y maravilloso hermano mayor, pero agradecería que nadie más lo volviera a mencionar. Nunca.

Las amigas de Sara solían decir:

—¿Hart Evans es tu hermano? ¡Es un chico genial!

Y Sara tenía que explicar que, basándose en *sus* observaciones, Hart no era más que un pesado.

Pero todo eso pertenecía al pasado de Hart. Sara y él ni siquiera tomaban ya el mismo autobús; tenía el Centro Palmer de enseñanza media para él solo.

"Los chicos del Palmer". Mirando a los alumnos de sexto, Hart se sintió invadido por una idea. No podía expresarla con palabras, pero le provocaba una sensación extraña: como si se estuviera mirando en el espejo retrovisor de una máquina del tiempo. Vio que esos cuatrocientos chicos iban a viajar al futuro con él; iban a ser sus compañeros de instituto. Compartirían partidos de fútbol y bailes; sacarían sus carnés de conducir e irían a pasar el rato a la cafetería de Peak. Esos chicos del Palmer eran los chicos con los que se graduaría. Estaba mirando a su clase, mirándola de verdad por primera vez.

Entonces Hart Evans, vidente y profeta, recordó la maraña de gomas elásticas que llevaba en el bolsillo y en una fracción de segundo volvió a ser un niño de sexto.

No es que se propusiera ponerse a lanzar gomas en ese momento. Ni hablar, en una función no. Y menos desde la primera fila: demasiado arriesgado. No le habían pillado lanzando una goma desde hacía dos años y quería seguir igual.

No, las gomas de su bolsillo las reservaba para más tarde, para después de comer. Porque después de comer venía la hora del coro. Y, en opinión de Hart, unas pocas gomas bien lanzadas era justo lo que el coro de sexto necesitaba.

GENIALIDADES

Hart contuvo un bostezo, pero era un bostezo de sueño, no de aburrimiento. Le gustaban las funciones. A veces el programa estaba bien y, aunque no lo estuviera, una función seguía siendo una buena cantidad de tiempo libre. Mientras mantuvieras la vista al frente y no se te cerraran los ojos, podías pensar en lo que quisieras durante casi una hora; eso no pasaba muy a menudo en el colegio.

Sobre el escenario había dos hombres y dos mujeres vestidos con ropa de mediados del siglo XIX. Uno de los hombres, con sombrero de paja, tocaba el banjo, y una de las mujeres, enfundada en un mono de tela vaquera, la guitarra; los cuatro cantaban temas sobre el Canal de Erie. Eran buenos músicos y su modo de narrar la historia de Estados Unidos mediante canciones populares resultaba interesante, pero llevaban treinta y cinco minutos con lo mismo y empezaba a cansar. Hart desconectó.

Otro bostezo.

Dejó que su mente vagara unos momentos y recordó las ruidosas cañerías de la pared de su habitación.

Por su culpa llevaba despierto desde las seis, hora de la ducha de su padre. Hart había intentado volver a dormirse, pero la cafetera eléctrica llenaba la casa de olor a mañana.

Lo habitual era que su mamá lo tuviera que sacar a rastras de la cama en el último segundo para que pudiera vestirse de cualquier manera, darse un peinazo, agarrar un trozo de tostada, tragar algo de zumo y pegar una carrera para tomar el autobús. Y siempre que cruzaba a toda prisa la cocina Sara tenía que decir algo así como:

—¡Mira que es *idiota* llegar tarde!

Hoy no; Hart iba por el segundo bol de cereales cuando sus padres entraron en la cocina un poco antes de las siete.

Su mamá se había quedado atónita.

—¿Te encuentras bien, Harti?

Y Hart había dicho:

—Estoy bien, mamá. Me he levantado un poco antes, eso es todo. Y por favor, deja de llamarme Harti, ¿vale?

—*¡Quince años en el Canal de Erie!*

En el escenario, los dos hombres, con un disfraz de mula, empezaron a remolcar una barcaza a izquierda y derecha. Hart sonrió, pero siguió pensando en el inicio del día.

A su padre sólo le había llevado unos tres minutos prepararse. Había mirado de reojo la primera página del periódico mientras echaba café en el termo. Su mujer le había dado una rosquilla envuelta en una servilleta, a cambio de un beso, y él se dispuso a salir.

Fue entonces cuando Hart había hecho la pregunta:

—Papá, ¿puedes llevarme hoy al colegio?

—Imposible, Hart. Tengo que irme ahora mismo porque habrá atasco, y además, si te llevara ahora, llegarías con una hora de adelanto.

Después de oírle cerrar la puerta de entrada, Hart había estado atento al runrún de arranque del coche deportivo de su padre. Se lo había comprado hacía tres semanas.

—*¡Puente bajo, todos al suelo!*

Los actores intentaban que los alumnos de sexto cantaran el estribillo de la canción. No había manera.

Hart pensó: "¿Cómo no va a madrugar papá y se va a ir a la ciudad todas las mañanas? Con un coche así, ¿quién no lo haría?".

Hart estaba deseando ir al colegio en ese coche. No hacía más que imaginarse cómo sería. Su padre giraría en la rotonda frontal, pasaría como una centella por delante de los autobuses aparcados y pegaría un frenazo en el camino de entrada. La puerta del deportivo plateado se abriría con elegancia y, mientras todos los colegiales se volvían para mirar, Hart bajaría del coche. Cerraría la puerta, saludaría a su padre con la mano y el pequeño bólido saldría disparado por la carretera 12.

Aún no había ocurrido, aún no.

Y no es que Hart necesitara ninguna ayuda en el terreno de la genialidad. Hart Evans podía arreglárselas solo para llegar a ser el chico más popular del Centro Palmer, como lo había sido los dos últimos años en el Colegio Collins. Nunca le había salido un competidor. Muchos chicos del colegio eran más guapos. Había un montón más fuertes, y otros más listos. No importaba.

Hart seguía siendo el más popular. Hasta su nombre lo era: Hart, abreviatura de Hartford, también genial.

Zack Banks y Alex Neely eran los mejores amigos de Hart en el Centro Palmer. Alex era un poco más alto que Hart, pero nada atlético. Le gustaba leer, era muy listo y tenía un agudo sentido del humor. Vivía cerca de Hart y había ido con él al Colegio Collins. Hart llamaba a Alex siempre que tenía un problema con el ordenador, siempre que no entendía unos deberes o siempre que necesitaba divertirse. Y seguían yendo juntos en el autobús por las mañanas, como habían hecho en los cursos anteriores. Una de sus mayores aficiones en común era recolectar cachivaches. En Brentbury, la recogida de basura tenía lugar los miércoles por la mañana, así que, si hacía buen tiempo, Hart y Alex iban en bici a la caza del tesoro los martes por la noche.

Alex comprendía que Hart fuera popular, pero no se dejaba impresionar (excepto cuando veía cómo le hablaban las chicas). Justo antes del baile de Halloween, le dijo a Hart:

—Te doy permiso para que le hables bien de mí a Regina. O tal vez a Emily. O a Carolyn. O a Susi. O a cualquiera. Por favor.

Zack era otra cosa. Zack tenía el pelo negro y rizado, y la sonrisa amplia, y era el mejor jugador de fútbol de la liga juvenil de Brentbury. Era bastante popular por sí mismo, pero durante la primera semana de clase había mirado a su alrededor y había decidido que no estaría de más hacer amistad con Hart.

—Tú y yo juntos, Hart —le había dicho un día con un guiño—, seríamos la bomba.

Y había algo de verdad en eso, y Hart lo sabía. La diferencia estribaba en que Hart no se esforzaba en ser popular: sucedía de forma natural.

Justo esa mañana, caminando entre la multitud que se agolpaba a la salida del auditorio, al menos una docena de chicos había sonreído o saludado a Hart, intentando llamar su atención, esperando que les dijera algo. Porque si Hart se percataba de tu presencia, tú te sentías bien. Y Hart era generoso. Hizo una inclinación de cabeza a Lee, sonrió a Steve y dijo:

—Hola, Tommy.

Después saludó con la cabeza a un chico en la otra punta del vestíbulo; luego preguntó:

—¿Cómo te va, Dan? Bonitos zapatos. ¿Son nuevos?

Y no lo decía por dar coba. Lo sentía de verdad.

Nadie era inmune al buen carácter de Hart, a su confianza natural en sí mismo. Cuando se disculpó por entregar el trabajo de sociales un día más tarde de lo debido, la señorita Moughty le había dicho:

—Voy a tener que bajarte la nota, Hart.

Pero no lo hizo.

Cuando lo pillaron columpiándose en la cuerda del gimnasio, el señor Harvis gritó:

—¡Evans, castigado a correr diez vueltas después de clase!

Más tarde, cuando Hart Evans se presentó a las tres en punto, el profesor de gimnasia masculló:

—Vete, no pierdas el autobús, pero que no vuelva a pasar.

Hart podía haber conquistado hasta a la cofia de una camarera.

Faltaba poco para el día de Acción de Gracias pero, para Hart, era como si el curso estuviera a punto de acabar. Los días pasaban sin sentir, y sexto curso en el Centro Palmer era como un suspiro. Tenía buenos amigos, las clases eran una mera interrupción de su atareada vida social y los deberes no le daban quebraderos de cabeza. En resumen, el colegio era estupendo y Hart se sentía a sus anchas.

Excepto el lunes, el martes, el miércoles, el jueves y el viernes después de comer, porque esa hora era la hora del coro; la hora del señor Meinert.

A Hart en realidad le gustaba la música. Había dado clase de piano durante dos años y, en los últimos tiempos, había empezado a tocar un instrumento de la banda, el mejor de todos por supuesto: los tambores. Lo malo era que en sexto ya había tres chicos que eran muy buenos percusionistas. Y por culpa de eso le habían puesto en el coro.

Hasta su voz era buena; por lo menos a él le parecía bien cuando cantaba en la ducha. Así que el problema no radicaba en la música, sino más bien en que a Hart no le gustaba el coro.

No le gustaba estar de pie y abrir la boca lo más posible y cantar canciones que él nunca hubiera elegido. A Hart le gustaban *su* música y *sus* canciones, y le gustaba cantarlas a *su* modo. No al modo del señor Meinert.

Y encima estaban los conciertos. Eso era lo peor de todo. El año escolar parecía una sucesión interminable de conciertos y funciones: primero venía el "Susto de Halloween", después "El concierto de Navidad", después "Los solos de canto invernales", después "La primavera ha florecido" y, por fin, por fin, la "Fiesta de graduación".

Que hubiera conciertos quería decir que había que aprender canciones nuevas, y eso significaba que había que cantarlas una y otra vez. Y luego venía el jaleo de levantarse y sentarse al mismo tiempo, de entrar y salir del escenario, de no tropezar con los escalones, de cargar con la hojita de papel pautado y de llevar camisa blanca con pantalones negros, calcetines negros y zapatos negros.

Hart estaba seguro de que el señor Meinert había hecho todo lo humanamente posible para que la experiencia de pertenecer a un coro fuera lo más aburrido, incómodo e insoportable del mundo. Hablando claro, el coro no era genial, ni pizca, lo que significaba que chocaba con el estilo de Hart.

Porque en un extremo del universo del Centro Palmer estaba Hart, con su galaxia giratoria de genialidad primordial. Y lejos, muy lejos, en la otra punta del tiempo y el espacio, más allá de las estrellas, las lunas y los planetas, estaba el señor Meinert, canturreando desde el fondo de algún vulgar agujero negro.

Como el día de Acción de Gracias se aproximaba, el señor Meinert estaba dándoles el último empujón para preparar el concierto de Navidad. Y era un empujón de campeonato. Un gran espectáculo musical de una hora de duración requería un esfuerzo enorme y, en opinión del señor Meinert, el coro era el plato fuerte del espectáculo; hasta llevaba una semana sin hacer ninguna broma. Estaba rígido y gruñón y más exigente que nunca.

—*Sólo cuando pase el tiempo...*

La última tonada de la función matutina fue *Yo trabajé en el ferrocarril*, y los intérpretes pidieron a los alumnos que se levantaran y cantaran con ellos. El que tocaba el banjo interrumpió la canción para gritar:

—¿Es que no se puede cantar más alto?

Después de la tercera repetición, todos empezaron a cantar a grito pelado y, cuando la canción se acabó, el aplauso fue tan apoteósico y duró tanto que el señor Richards, el director, tuvo que subir al escenario y hacer callar a todo el mundo.

Mientras los alumnos salían del auditorio, Hart entrevió al señor Meinert en un lateral del escenario, dando las gracias a los actores.

Hart sonrió y pensó: "Hasta después de comer, señor Meinert".

Hoy, por primera vez desde el comienzo de sexto, Hart tenía la seguridad de que el coro iba a ser divertido.

EL TIRO POR LA CULATA

Hart sabía que iba a correr un riesgo. No le importaba. Según sus cálculos, el coro era diez veces más aburrido que cualquier otra cosa del colegio, lo que era mucho decir. Hart estaba convencido de que un poco de emoción era vital para el coro. ¿Y el riesgo? Bueno, eso formaba parte de la diversión.

El coro de sexto estaba intentando aprender *En la azotea*. Cada chico y cada chica tenía delante un atril, y cada atril sostenía un viejo libro de canciones. La clase de música tenía forma semicircular y los cuatro niveles escalonados daban la impresión de que los alumnos estuvieran subidos a unas gradas.

Las contraltos seguían masacrando su parte, así que el señor Meinert hacía que todos repitieran la primera estrofa y el estribillo una y otra vez. De pie, al frente de la clase y detrás de un piano eléctrico, tocaba la melodía con la mano derecha, balanceaba el brazo izquierdo en el aire para marcar el ritmo y cantaba la parte de las contraltos a pleno pulmón, con la intención de embutir las notas en las cabezas de unas treinta chicas de sexto. Se retiraba una y otra vez el pelo negro de la frente. Sus ojos lanzaban advertencia tras advertencia, y su cara enrojecía y enrojecía. Todos se daban cuenta de que el señor Meinert no estaba para bromas.

Para el bombardeo de hoy, Hart había elegido la goma clásica de 6 centímetros. Antes del estiramiento, la anilla tiene un grosor aproximado de 1,5 milímetros y 6 centímetros de longitud. Su alcance efectivo es de unos seis metros. En manos de un experto, una goma de 6 centímetros resulta casi inaudible y es extraordinariamente certera.

Hart se encontraba en el lado izquierdo del aula con la mayor parte de los chicos. Su voz era bastante grave, por lo que no estaba en primera fila, y eso le convenía. Clavando los ojos en el señor Meinert, sacó una goma sin estrenar de 6 centímetros de su bolsillo delantero. Enganchó un extremo en la esquina superior de la cubierta dura de su libro de música, estiró la goma hacia atrás unos diez centímetros y presionó el otro extremo sobre la cubierta con el dedo índice.

Cargada y preparada.

Levantó el libro de música y se inclinó para que la trayectoria de lanzamiento no se viera obstaculizada por las cabezas de Jimmy Lohman y Bill Ralston. Sintió que le empezaban a sudar las manos. Mientras cantaban:

—*Jou, jou, jou, ¿quién no bajaría?* —el señor Meinert se volvió para mirar a las chicas, como había hecho antes. Y Hart levantó el dedo.

La goma pasó como un rayo a un milímetro de la oreja derecha de Jimmy, trazó un grácil arco frente a la pizarra móvil, rebotó en el inclinado atril del señor

Meinert y se quedó pegada a la parte delantera de su jersey: un redondel tostado sobre la lana verde oscura.

El señor Meinert ni se enteró. Sí se enteró del revoloteo de risitas, pero las interrumpió con un movimiento brusco de cabeza. La canción continuó.

Hart debía haberse detenido, pero no lo hizo. Sacó otra goma y, antes de cargarla en el borde del libro de música, hizo dos anillos para añadirle potencia. Pensaba lanzarla contra los tubos fluorescentes que se cernían sobre la cabeza del señor Meinert. Estiró la doble anilla de goma, afinó la puntería y al siguiente:

"En la azotea, tac, tac, tac", disparó la número dos.

Quizá se le resbaló el dedo, quizá estiró demasiado la goma, o quizá no debería haberla doblado. Porque voló en línea recta, como una flecha, y se estampó contra un costado del cuello del señor Meinert.

El piano dejó de sonar y el profesor sacudió la cabeza como si lo hubiera picado una abeja. Se dio una palmada en el cuello y agachó la cabeza, girando sobre sí mismo como una peonza, en busca de un avispón o una avispa. Algunos alumnos se rieron, y el señor Meinert se percató de que debía parecer un tonto. Sonrió y levantó las manos para calmar a la clase. Dijo:

—Ya está bien, el espectáculo ha terminado. Volvamos a empezar el estribillo desde el principio.

Bajó la vista hacia el piano, y fue entonces cuando vio las gomas: una sobre el teclado y otra colgando de su jersey.

Los ojos del señor Meinert se entrecerraron. Los labios le temblaron y, poco a poco, se retorcieron en una mueca feroz. Hubo un silencioso momento de calma y acto seguido estalló la tormenta.

—¿QUIÉN? —tronó—. ¿QUIÉN HA SIDO?

Con ojos centelleantes agarró de un manotazo las anillas de goma y, sujetándolas entre el índice y el pulgar, las agitó frente a su cara.

—¿QUIÉN? —volvió a gritar—. ¿Quién ha tirado esto? —salió de detrás del piano—. ¿Quién? ¡Quiero saberlo *ahora mismo*!

Un hombre que echa chispas, que rabia hasta el punto de farfullar y maldecir y patalear, con la cara roja como un tomate, los ojos fuera de las órbitas y la dentadura a la vista, puede ser muy divertido en una película o una serie de la televisión. Pero en la vida real no lo es.

Teniendo en cuenta que los proyectiles tenían que proceder de su derecha, el señor Meinert giró sobre los talones para enfrentarse a los chicos.

—¡YA! —aulló—. ¡He dicho ya! ¿Quién ha sido? —fue mirando velozmente las caras, una tras otra, y, cuando se encontró con los ojos de Hart, lo supo.

—¡*Tú*! —señaló la cara de Hart—. ¿Has sido tú, verdad? ¿VERDAD? ¡*Contéstame*!

Hart era incapaz de pensar. Nunca había visto a un profesor tan fuera de sí. Toda su genialidad se evaporó. Hizo un leve y culpable gesto de asentimiento.

En menos de un segundo, el señor Meinert agarró a Hart por el brazo y lo llevó hacia la puerta. En quince segundos habían salido de la clase y bajado al vestíbulo de la oficina. El hombre andaba tan deprisa que Hart tenía que trotar para no ser arrastrado; el señor Meinert respiraba con agitación y su cara seguía congestionada por la furia. Sin dejar de apretar los dientes mascullaba una y otra vez:

—¡Muy *gracioso*! ¡Muy *gracioso*!

La puerta del despacho del director estaba cerrada, y el profesor la golpeó con los nudillos y la abrió con un único movimiento. El señor Richards levantó la vista de los papeles del escritorio mientras el señor Meinert decía a voces:

—¡Este… este jovencito ha pensado que sería muy *gracioso* dispararme una goma elástica al cuello!

El director paseó la mirada de la cara escarlata del profesor a la cara blanca de Hart.

Dedicó un gesto de asentimiento al señor Meinert y dijo:

—Puede soltarle el brazo. No se va a escapar.

El señor Meinert soltó el brazo de Hart; después sostuvo en alto una goma y dijo:

—Ésta es la que me ha dado en el cuello.

El director miró a Hart.

—¿Es así, Hart? ¿Has disparado tú esa goma? ¿Hart?

Hart tragó saliva y dijo a duras penas:

—Yo… yo la disparé, pero no le apunté a él. De verdad. Y lo siento. Estaba apuntando por encima de él, a las luces. En serio.

—¡Ya, *claro*! —dijo el señor Meinert volviendo a gritar—. ¡Y fue a parar a mi cuello por casualidad! —agitando la otra goma añadió—: ¿Y *ésta* que tenía en el jersey, qué? ¿Supongo que *ésta* también la apuntaste a las luces, no?

El director se puso en pie.

—Señor Meinert, por favor. No es necesario que grite. Le ruego que vuelva a su clase. ¿Hay alguien vigilando a los niños?

—Ehhh… no —dijo el señor Meinert—, pero… pero esto ha sido… ha sido un *ataque*. Ha sido una emergencia.

El señor Richards asintió.

—Entiendo lo que quiere decir, y lo resolveremos. Pero usted debe volver a su clase. Yo hablaré con Hart.

El señor Meinert dio media vuelta, lanzó a Hart una larga mirada asesina y salió a trompicones del despacho.

El señor Richards volvió a sentarse. Hart le miró a hurtadillas.

—De verdad que no quería darle. Y el primer tiro lo apunté a su atril, y entonces la goma rebotó y se quedó pegada a su jersey. Sólo rebotó. Pasó así, lo juro. No quería darle a nadie.

El señor Richards miró a Hart largo rato y dijo:

—Te creo; creo que lo de darle a él fue un accidente, pero disparar gomas no tiene disculpa, para empezar. Si esa goma le hubiera dado al señor Meinert en un ojo, nos estaríamos enfrentando a un problema muy grave. ¿Tienes más?

Hart excavó en su bolsillo y puso las gomas sobre el escritorio.

—¿Y en la taquilla?

Hart meneó la cabeza.

—No, éstas son las únicas.

El señor Richards dijo:

—Hoy te quedarás una hora después de clase. Y mañana. Preséntate aquí, en la oficina, y espero que traigas deberes o un libro para leer. ¿Está claro?

Hart asintió, y después dijo:

—Umm… ¿puedo llamar a mi madre? Llega a casa media hora más tarde que yo, y no querrá que mi hermana pequeña esté sola cuando vuelva del colegio.

El señor Richards miró su reloj.

—Mmm… ya veo. En ese caso, empezarás tu castigo mañana. Diles a tus padres que te quedarás una hora más en el colegio, mañana y el viernes. Cuéntales el porqué y no traigas más gomas elásticas. ¿Entendido?

Hart asintió y dijo:

—Entonces… entonces ¿me puedo ir ya?

—Sí, puedes irte —contestó el director.

Hart salió del despacho pero, cuando estaba a punto de llegar a la puerta del vestíbulo, el director le llamó:

—Espera un momento, Hart.

Hart se detuvo y se dio la vuelta.

—¿Te has dejado algo en clase de música?

Hart meneó la cabeza.

—No. Tengo la mochila en la taquilla.

El señor Richards señaló el largo banco arrimado a la pared de la oficina.

—Entonces prefiero que te sientes ahí hasta que acabe la clase.

—De acuerdo —contestó Hart, acercándose al banco y tomando asiento.

En cuanto el director cerró la puerta de su despacho, Hart volvió la cabeza para mirar por encima del hombro el reloj de la pared. Era la una y cuarenta y cuatro. Le quedaban nueve minutos de espera. Y de reflexión.

Al principio sólo pudo pensar en la expresión furibunda, enloquecida, de la cara del señor Meinert. El tipo había perdido por completo la razón. Dadas las circunstancias, Hart pensó que había salido bastante bien parado. Pensó que el director era buena gente; pensó que le había salvado de las garras del señor Meinert.

Además era inteligente. Hart entendió por qué le había dicho que esperara en la oficina hasta que acabara la clase. El director creía que no era conveniente que Hart y el señor Meinert se encontraran de nuevo, al menos de momento.

Y Hart estaba de acuerdo. Totalmente.

MAL COMPORTAMIENTO

A las tres menos siete minutos, el señor Meinert irrumpió en el despacho del director.

—Por favor, por favor dígame que no he visto a ese tal Evans subir al autobús para ir a casa, que no lo he visto ahí fuera riendo y bromeando con sus compañeros. Dígame que me imagino cosas; que me imagino que un niño que ha disparado una goma a un profesor se va a casa tan campante en vez de quedarse en el colegio. ¡Dígame que estoy ciego! ¡Dígame que estoy loco! ¡Dígame *algo*, lo que sea!

El señor Richards se levantó y cerró la puerta.

—David, es la segunda vez que tengo que pedirle hoy que baje la voz. Por favor, siéntese.

—¡No quiero sentarme!

El señor Richards le fulminó con la mirada. Señaló una de las sillas de plástico azul situadas frente a su escritorio.

—David, siéntese.

El director se sentó en la silla de al lado.

—Sí, ése era Hart, y le ha visto subir al autobús porque sus padres trabajan, y su madre espera que cuide de su hermana después del colegio. Le habríamos causado un trastorno a sus padres si lo hubiéramos castigado hoy. Si un chico se porta mal, castigamos al chico, no a los padres. Así que cálmese. Hart se quedará mañana y pasado después del colegio.

El señor Meinert estuvo a punto de levantarse de la silla de un salto.

—¿Dos días? *¿Sólo dos días?*

El señor Richards asintió.

—Dos días de castigo son suficientes. No creo que Hart le diera a propósito; se le castiga dos días por disparar gomas en el colegio. Es lo justo, y no hay que darle más vueltas. Déjelo pasar, David. ¿Me entiende? Olvídelo.

—¿O qué? —preguntó el señor Meinert—. No puede usted despedirme dos veces.

El señor Richards hizo una pausa. Se temía que iba a ocurrir esto. Con tono amable, dijo:

—No ha sido usted despedido, David, y lo sabe. Hay una crisis presupuestaria en el pueblo, y los colegios están reduciendo el personal. Se lo dije hace un mes. Y yo no puedo hacer nada si deciden que los profesores de música o de arte deben ser los primeros en desaparecer. Sé que es terrible perder un trabajo, pero no debe dejar que su situación personal afecte a su comportamiento en clase.

—¿*Mi* comportamiento? —ésta vez el señor Meinert sí se levantó de un salto—. ¿A qué se refiere con eso de *mi* comportamiento?

—Siéntese, David. Me refiero a lo que ha pasado esta tarde, con Hart. Ha reaccionado usted de forma exagerada. Y he tenido que pedirle que soltara el brazo del chico. ¿No se da cuenta del disgusto que podríamos haber tenido? Usted y todo el distrito escolar. ¿Y si le hubiera hecho cardenales en el brazo? ¿Y si le hubiera lesionado el hombro? Podría haber salido en las noticias de la tarde; y por lo que sabemos, aún puede salir. Su reacción ha sido muy poco profesional. A *ese* comportamiento me refiero.

El señor Meinert se dio la vuelta y se puso a mirar por las ventanas. Estaban saliendo los dos últimos autobuses.

El director continuó:

—Siento los problemas financieros del pueblo, y sentiría mucho más que tuviera que dejar su trabajo en enero. Tiene derecho a estar preocupado; es un pésimo regalo de Navidad. Es usted un profesor de música estupendo, David, y odio perderle, pero no puedo hacer nada. He conseguido que el Consejo Escolar impida que su nombre y el de sus compañeros se mencionen en las noticias locales hasta que empiecen las vacaciones de Navidad, y entiendo por qué lo pidieron usted y los otros profesores. Sería aún peor que todo el mundo se dedicara a darles el pésame. Así que… intentemos llevarlo lo mejor posible.

—Llevarlo lo mejor posible —dijo el señor Meinert sin dejar de mirar por las ventanas—. Para usted es fácil decirlo.

—No —contestó el director—, *no* es fácil. Hace ocho años pasó lo mismo y no fue fácil, ni para mí ni para nadie.

El señor Meinert no dijo nada, así que el director añadió:

—Si pudiera hacer algo ya lo hubiera hecho. Todavía tengo esperanzas de que el distrito consiga el dinero que necesitamos antes de que acabe el año, pero no es probable. Y si puedo ayudarle con recomendaciones cuando busque otro empleo, sabe que no podré decir más que cosas buenas de usted y de su trabajo.

El señor Meinert se limitó a quedarse sentado, con la cabeza virada.

Después de un silencio incómodo, el director dijo:

—David, hay reunión de profesores dentro de quince minutos y tengo que prepararme. Nos veremos allí.

El profesor de música se levantó.

—No quiero ir a la reunión.

El director dijo:

—Ah, pues entonces hasta mañana.

El profesor asintió y salió del despacho.

TENTACIONES

El padre de Hart llegó a la hora de cenar con dos pizzas grandes, así que todo el mundo estaba de buen humor.

Mientras Hart atacaba una gran porción de *peperoni* con queso, consideraba si contarle o no a sus padres lo del castigo. Y lo de las gomas. Ese fin de semana el padre de Zack había prometido llevar a cuatro de los chicos a un partido de hockey en el Madison Square Garden: los Rangers contra los Bruins. Era un fin de semana espantoso para que no le dejaran salir.

"Pues no se lo digo".

Pero tenía que cumplir los dos días de castigo, y su madre llegaba siempre a las tres y media; era un problema.

"A lo mejor consigo que Kenny Lambert venga cuando mamá llegue a casa y le diga que he tenido que quedarme haciendo algo. Kenny me haría ese favor. Y no sería ninguna mentira. Luego volvería en el autobús de las cuatro y media".

Hart sintió que podría librarse sin contar nada. Echó un buen trago de néctar de uva, eructó y se apresuró a decir:

—Perdón.

Entonces se le ocurrió:

"¿Y el segundo día qué? Llegar tarde dos días seguidos va a resultar sospechoso. Mamá querrá saber los detalles. ¿Y lo de que Sara tenga que estar sola media hora los dos días? A mamá no le va a gustar nada".

Hart sabía que si le pillaban diciendo alguna mentira se la iba a cargar. Mientras diezmaba la pizza de *peperoni* y champiñón, pensó:

"Me parece que les debería contar todo, y que pase lo que tenga que pasar".

Sara se limpió la boca con la servilleta, la devolvió a su regazo y preguntó:

—¿Qué tal Hart, has tenido un día interesante en el colegio?

Hart estuvo en un tris de atragantarse con un pegote de queso. Fue por el tono de voz de Sara. Lo sabía. Lo sabía todo y estaba a punto de soltarlo.

El debate privado de Hart tocó a su fin.

Tragó a toda prisa y asintió.

—En realidad, el colegio ha sido hoy un poco *demasiado* interesante. Porque he hecho una tontería en el coro. Estaba trasteando con una goma elástica y la goma le dio por accidente al señor Meinert. Y ahora me tengo que quedar en el colegio mañana; y el viernes también.

Sus padres fruncieron el ceño. Sara sonrió.

Hart se encogió de hombros y puso cara de arrepentimiento.

—Sí —dijo—, el señor Meinert se enfadó bastante, pero el director se dio cuenta de que yo no intenté darle a nadie a propósito. Pero no debería haber jugado con las gomas. Por eso me han castigado. ¡Vaya!, que no volveré a hacerlo nunca más.

Su madre asintió.

—Bueno, me alegra oírte decir eso. Supongo que mañana y pasado tendré que salir antes del trabajo.

Su padre dijo:

—¿Dos días de castigo?

Hart dijo:

—Lo sé. Es mucho, pero es que la goma le dio al señor Meinert, papá, y podría haberle dado en un ojo. Por eso el señor Richards me puso dos días. Con toda la razón. No debería haber llevado esas gomas al colegio.

Su padre asintió.

—Parece que hoy has aprendido una buena lección.

Y Hart asintió.

—Sí, desde luego.

Hart supo que en casa no iba a tener problemas. Dio un mordisco a la pizza y miró de reojo a su hermana.

Sara tenía el ceño fruncido.

En la otra punta del pueblo, Lucy Meinert hablaba con la boca llena.

—¿Sabes lo que yo creo? Pues yo creo que deberías dejarlo —hendió el aire con los palillos para dar énfasis a sus palabras—. Ahora mismo. Dejarlo y ya está.

El día de colegio había quedado atrás y el señor Meinert empezaba a recuperar su sentido del humor. Sonrió mientras agarraba el envase de cartón blanco y sacaba su segunda ración de camarones rebozados.

Su mujer dijo:

—No estoy bromeando, David. Gano lo suficiente para nuestros gastos, y además tenemos unos ahorros. Mañana deberías entrar en ese despacho y comunicarle al Reyezuelo Richards que te marchas, con efecto inmediato. Si los contribuyentes de este pueblo quieren despedir a los profesores de música y de arte, pues muy bien. Que lo hagan; que lo hagan y críen una manada de borregos culturalmente atrofiados. ¡Lo tendrán bien merecido!

La mujer del señor Meinert también había estudiado música, y se conocieron en la facultad. Pero Lucy se dio cuenta de que no tenía paciencia para ser profesora, y tampoco quiso probar a ganarse la vida como cantante. Por eso aceptó un empleo en una empresa de software para ordenadores. La facilidad que tenía para leer y escribir música le vino muy bien para leer y escribir códigos informáticos. Estaba en camino de convertirse en programadora y tenía menos paciencia que nunca, sobre todo con la dirección del colegio de su marido.

Después de un largo trago de agua, prosiguió:

—¡Idiotas! Quiero decir que si una *empresa* pierde dinero ¡no se les ocurre reducir costes prescindiendo de los empleados más creativos! Eso es de idiotas. Lo que hay que hacer es pedirles a *todos* que acepten una reducción del salario, y entonces todos se esfuerzan, y discurren y trabajan hasta que encuentran el modo de ganar más dinero. Y si no tienes más remedio que despedir gente, empiezas por arriba. Despides administradores y supervisores y gente que no haga un trabajo importante. En mi opinión, ¡*eso* es lo que debería hacerse en los colegios de Brentbury! ¿Y qué me dices de los demás mandamases del pueblo? Si de verdad creyeran que la educación es importante, encontrarían la forma de sacar dinero, pero son demasiado tontos y demasiado egoístas, por eso sigo creyendo que debes dejarlo. Mañana. Entras allí y se lo dices.

Era una idea tentadora, pero el señor Meinert meneó la cabeza y dijo:

—Sabes que no puedo hacerlo.

—¿Por qué no? —protestó Lucy—. ¿Temes que no te den una carta de recomendación para otro colegio? ¿Sabes lo que pasará dentro de cinco o seis años en tu nuevo colegio cuando la economía retroceda otra vez? Pues yo te lo digo: te despedirán, como han hecho en Brentbury. Sinceramente, no entiendo por qué quieres seguir con lo de la enseñanza. No tiene el menor futuro.

Él y su mujer habían mantenido esa conversación varias veces, y David Meinert prefería no discutir. Era lo único que su mujer no entendía de él.

Tenía razones para querer dedicarse a la enseñanza, razones personales.

Entre los cinco y los dieciséis años, el joven David Meinert había asistido a nueve colegios distintos en siete estados diferentes. Al avanzar la carrera de su padre, la familia había cambiado de residencia para adaptarse a los sucesivos empleos. Dave había pasado una buena parte de cada curso siendo el chico nuevo. Durante esos años lo único invariable había sido su música. Tenía muy buena voz, oído absoluto, y era un as del piano. Sus profesores de la banda y del coro habían hecho que se sintiera como en casa. Con la música era con lo único que podía contar, viviera donde viviera.

Dos años atrás, cuando David Meinert fue contratado para enseñar música en Brentbury, quedó encantado. El programa de música del pueblo se consideraba excelente en todo el estado, incluso en todo el país. Él y su mujer compraron un pequeño apartamento en el pueblo, y David se sintió como si al fin hubiera encontrado un hogar. Quería quedarse allí. Quería formar una familia y que sus hijos no tuvieran que trasladarse de un sitio a otro. Quería ser el profesor que lograra que los nuevos se sintieran como en casa. Quería enseñar a los hijos de sus vecinos, y verlos crecer. Quería estar a su lado para disfrutar con los que llegaran a ser verdaderos músicos, porque sabía que algunos lo serían. Su mujer no entendía por qué iba a los conciertos del instituto. Iba porque dos años antes esos alumnos del coro de octavo habían estado en sexto. Eran *sus* niños. Tan pronto como quedara un puesto vacante, esperaba entrar en la escuela secundaria para trabajar con cantantes más serios y música con más retos.

Pero por ahora el coro de sexto era su hogar, y era un hogar que le gustaba. Hasta hacía un mes o así, le había gustado.

Despido. El distrito escolar no lo llamaba así: lo llamaba "reducción de plantilla". Él no sería despedido, sería reducido. No era nada personal. No es que quisieran librarse de *él*. Se habían quedado sin dinero, así que se deshacían de su trabajo. Despedir o reducir venía a ser lo mismo, hasta mandaban las mismas cartas, cambiándoles la fecha.

Y el señor Richards no había dicho más que la verdad. El señor Meinert había estado preocupado desde que supo lo que podía pasarle. Y, sí, su reacción al lanzamiento de la goma de Hart había sido exagerada.

Pero no podía renunciar. No porque a sus alumnos fuera a importarles. Probablemente aplaudirían y lo celebrarían. El coro de este año era un grupo difícil. Como la mitad de los niños no quería trabajar, siempre se resistían a aprender nuevas canciones. Y a él nunca se le había dado muy bien lo de mantener la disciplina en clase.

Además, abandonar no era la solución. No estaría bien.

El silencio de su marido dio esperanzas a Lucy.

—En serio, David, piénsatelo. Pasas un montón de tiempo buscando música nueva. Planeas el viaje de estudios al ensayo del Metropolitan Opera todos los años. Organizas a los padres que se presentan voluntarios para preparar los programas y la decoración de los conciertos. Das clases particulares a los niños, llevas ese nuevo grupo de solfeo, pasas horas extra con los que hacen solos, y además echas una mano con la banda de sexto, y con la orquesta; hasta escribes arreglos. Todo en tu tiempo libre. Sé que te gusta tu trabajo, pero al menos le dedicas diez horas de más a la semana. Tu sueldo es penoso, no te pagan las horas extra y, para demostrarte lo agradecidos que están por todo lo que te esfuerzas, el Consejo Escolar te despide a mitad de curso. Apesta, y no bromeo. Deberías pensar en dejarlo, o al menos en no esforzarte tanto. Están cargando todo sobre tus hombros; deberías hacer exclusivamente lo que te pagan.

El señor Meinert extendió el brazo por encima de la mesa para tocar la mano de su mujer.

—Pero es mi trabajo. Y mientras siga siéndolo, procuraré hacerlo lo mejor posible. Sé que eso te parece de tontos, pero no puedo evitarlo. Yo soy así.

Lucy sonrió y agitó la cabeza.

—Ya lo sé. Y si te parecieras más a mí, lo más seguro es que no me hubiera casado contigo.

Para el señor Meinert ése fue el mejor momento del día.

EXPLOSIÓN

Cuando el señor Meinert entró en el aula del coro el jueves por la tarde, la encontró mucho más silenciosa que de costumbre. Los alumnos parecían un poco nerviosos, un poco inseguros.

Al señor Meinert le gustó: era un cambio agradable. Como profesor casi novato que daba clases por segundo año, el que solía sentirse nervioso e inseguro era él. Pensó: "Debería perder los estribos más a menudo".

Mientas pedía que le prestaran atención evitó mirar a Hart Evans. Aunque lo hubiera hecho, sus ojos no se hubieran encontrado. Hart también procuraba no mirar al señor Meinert. Había decidido que era un buen día para pasar desapercibido.

El profesor dejó su libro de música sobre el escritorio y dijo:

—Hoy vamos a empezar con una nueva canción de Hanukkah.

Un gruñido sordo recorrió el aula. El señor Meinert lo ignoró.

—Tendremos que practicar algunas palabras hebreas. En pie y al lado de los pupitres, por favor.

Hubo más refunfuños mientras los alumnos se levantaban. Una vez más, el señor Meinert lo ignoró.

—Empezaremos con una fácil; seguro que la conocéis. Respiración profunda, por favor, para decir "Shalom".

Lo que dijeron se parecía bastante a "salón".

El señor Meinert meneó la cabeza.

—No, no. Atención: Shhha-lom. A ver ahora.

La clase volvió a decir algo.

El señor Meinert volvió a menear la cabeza.

—No. "Salón" no. Hay que empezar la palabra como si siséaramos: shhh. Sha-lom. Como yo. Un, dos, tres: Sh…

En mitad de la primera sílaba Karen Baker señaló una ventana y aulló:

—¡Eh! ¡Está nevando!

La lección de hebreo se dio por terminada. Todos se volvieron para mirar.

—¡Toma!

—¡Nieve!

—¡Qué bien!

—¡Está… está nevando!

Tim Miller voceó:

—¡A lo mejor mañana no hay clase!

Se desató un vitoreo espontáneo y los alumnos salieron disparados hacia los amplios ventanales.

El profesor de música sintió que se le desataba la furia, como el día anterior. Hubiera querido pegar berridos y blandir el puño ante la clase, pero se contuvo.

Se dirigió lentamente hacia su escritorio. De camino notó con cierta satisfacción que un chico no se había movido de su sitio: Hart Evans.

El señor Meinert se obligó a sentarse a su escritorio. Abrió un ejemplar de la revista *El educador de música*. La hojeó y se detuvo en un artículo sobre la enseñanza de Bach para alumnos de secundaria. Se dispuso a tranquilizarse y contempló fijamente la página.

Leyó la primera frase del artículo, y la volvió a leer, y la releyó. Apretó los dientes y sintió que los músculos de la mandíbula se le tensaban y se le tensaban. Se dijo: "No voy a gritar. No voy a perder el control. Los niños saben que lo que están haciendo está mal, y dejarán de hacerlo. Entonces empezaremos de nuevo. Yo me quedaré sentado y leeré hasta que todos vuelvan a su sitio y haya silencio".

No ocurrió. Los alumnos que estaban en las ventanas se quedaron en las ventanas. Ed Kenner abrió una y sacó la mano para intentar hacerse con unos copos; a los cinco segundos todas las ventanas estaban abiertas.

Se formaron corrillos de alumnos por toda la clase, y todos empezaron a charlar y a reír. Algunos se apoyaron en los pupitres, otros se sentaron en el suelo.

Aunque no despegó los ojos de su revista, el señor Meinert hubiera podido jurar que los alumnos le lanzaban miradas de reojo. Pasados tres interminables minutos, se percató de que como no se ponía hecho una furia y no representaba una amenaza, los alumnos se sentían felices fingiendo que no estaba: había dejado de existir. Todos se alegraban de no hacer nada. Parecía ser que no hacer nada era mucho más divertido que cantar en el coro de sexto.

El señor Meinert no acostumbraba a hacer las cosas por impulso. Le gustaba planearlas. Le gustaba escribir listas. Le gustaba organizar sus ideas. Le gustaba pensar y repensar.

Esta vez no.

En parte fue por lo sucedido el día antes: el incidente de las gomas elásticas. En parte fue por lo que le había dicho su mujer durante la cena. En parte fue porque no había dormido bien y se había sentido fatal durante todo el día. Y en parte fue porque estaba hasta las narices de intentar que aquella panda de chicos cantara, cuando a la mayor parte no le interesaba.

Por una docena de razones distintas, en la mente del señor Meinert algo explotó. Se puso en pie de un salto, agarró una tiza y empezó a escribir en la pizarra.

Los alumnos giraron las cabezas.

Con letras mayúsculas escribió *CONC…* pero apretó con tanta fuerza y escribió tan deprisa que la tiza se le partió. El señor Meinert tiró los trocitos al suelo, aferró otra tiza y siguió adelante hasta que consiguió escribir:

CONCIERTO DE NAVIDAD
Día 22 de diciembre, 7 de la tarde.

El silencio se extendió por la clase como un vertido de petróleo. Los alumnos empezaron a volver de puntillas a sus asientos. Con los hombros tensos y la mandíbula rígida, el profesor siguió escribiendo.

Orquesta de sexto curso: 20 minutos.
Banda de sexto curso: 20 minutos.
Coro de sexto curso: 30 minutos.

El señor Meinert subrayó la última frase tres veces, y en cada subrayado la tiza emitió un sonido que hubiera hecho que un perro saliera zumbando del aula.

Después dio media vuelta para mirar a la clase. Todos los alumnos estaban sentados, todos los ojos se clavaban en él.

Les habló lentamente, vocalizando bien.

—Treinta minutos. Ése es el tiempo que tendrá que cantar el coro en el concierto de Navidad. Los padres de los alumnos estarán allí, y también los hermanos. Es el concierto más importante del año. Entonces, ¿a qué estamos esperando?

Levantó despacio la mano derecha y, con los dedos extendidos y la palma hacia abajo, la movió de izquierda a derecha, señalando al coro en su totalidad.

—Dejo este concierto de Navidad, esos treinta minutos de actuación, en manos de los alumnos.

Alguien dejó escapar una risita nerviosa.

El señor Meinert se giró bruscamente hacia el sonido.

—¿Parece divertido? Entonces prefiero esperar hasta el veintidós de diciembre, un poco después de las siete y media. Entonces empezará la *verdadera* diversión. Por cierto, a mí no va a ir a verme nadie. Yo sólo soy el profesor de música. Todos van a ir a ver *a los alumnos*, a escuchar *a los alumnos*. A disfrutar del maravilloso programa. Entonces es cuando empezará a ponerse divertido. Porque desde este momento, el concierto depende únicamente de *los alumnos*. De los alumnos. De ellos es el concierto. No mío. ¿A los alumnos no les gustan las canciones que he elegido? De acuerdo. Que sean ellos los que elijan. ¿No les parece bien cómo llevo los ensayos? No hay problema.

Que los organicen ellos. ¿No quieren cantar nada de nada? Pues que se limiten a estar de pie frente a sus padres y el resto del colegio durante media hora sin hacer nada. ¿Quién sabe lo que pasará el veintidós de diciembre? Yo no. Ahora mismo, lo único que sé es lo siguiente: el veintidós de diciembre, poco después de las siete y media de la tarde, me aseguraré de que todos y cada uno salga al escenario del auditorio. Lo que pase allí... no es cosa mía.

El señor Meinert dio media vuelta, miró al calendario de la pared, agarró una tiza y escribió en la pizarra:

23 DÍAS

—El próximo jueves es el día de Acción de Gracias. Contando el día de hoy, quedan veintitrés horas de clase hasta el día del concierto. No habrá ensayos después del colegio como hubo para el de Halloween, ni pruebas de vestuario en la víspera. Sólo habrá esas veintitrés horas. Os he enseñado cuatro canciones, pero supongo que no serán las elegidas y que serán sustituidas por otras. No es mi problema. Suerte.

El señor Meinert dio media vuelta y en tres zancadas llegó a su escritorio. Se inclinó y lo empujó. Las patas metálicas chirriaron contra el suelo mientras lo acercaba al rincón derecho del aula y lo arrimaba a la pared. Desanduvo el camino, arrastró su silla hasta el escritorio y se sentó de espaldas a la clase. Abrió su revista y empezó a leer el artículo sobre la enseñanza de Bach.

Por vez primera en más de un mes, se sintió de maravilla.

LA VOZ DEL PUEBLO

Hart se quedó quieto, con las manos enlazadas sobre el pupitre, pero sus ojos escrutaron el aula de música, buscando pistas, vigilando movimientos sospechosos, intentando adivinar lo que se avecinaba.

La clase estaba en silencio. El señor Meinert llevaba leyendo por lo menos cuatro minutos. Hart estudió la postura del profesor, tratando de localizar señales de furia en el cuello o en los hombros, examinando su modo de sostener la revista. Si se desataba otra tormenta, que le pillara a cubierto.

Hart no confiaba en aquel silencio. El señor Meinert era una nube con forma de embudo. En cualquier momento podía empezar a girar y a destrozar cosas. Hart no estaba dispuesto a ponerse al alcance de otro tornado. Con el de ayer ya había tenido suficiente.

A su derecha, escuchó un goteo de susurros:

—¿Qué se supone que tenemos que hacer?

—No sé. Supongo que quedarnos sentados.

—¿Lo ha dicho en serio?

—Creo… creo que sí.

—Ha dicho que podemos hacer lo que queramos. ¿Podemos?

—No sé. ¡Cállate ya!

El aula volvió a quedarse en silencio, pero los niños callados son como un río que crece. Tarde o temprano el agua se desborda.

Más susurros: aumentaron de volumen y se convirtieron en habla en voz baja.

Aunque el señor Meinert continuara sentado, mirando su revista, quería saltar de la silla. La necesidad de hacerse cargo de la clase seguía siendo imperiosa, pero se obligó a permanecer sentado y a leer.

Y el habla en voz baja se extendió; algunos niños empezaron a decir "Shhh… SHHHH", pero el siseo no pudo contener el desbordamiento.

Entonces, en la otra punta del aula, alguien debió decir algo gracioso. Dos chicos se echaron a reír y se produjo la inundación.

El nivel del ruido subió con tanta rapidez que petrificó al señor Meinert. Y cuantos más alumnos hablaban y reían, más fuerte tenían que hablar los restantes para hacerse entender por encima del clamor creciente. Por un instante fugaz el señor Meinert estuvo seguro de que todos los alumnos de sexto estaban apiñados en su clase. Quería darle la vuelta a la silla y dedicar a los niños su mirada más fulminante, pero consiguió quedarse quieto, consiguió seguir leyendo.

Tres minutos después el ruido era ensordecedor. La clase no estaba fuera de control, pero le faltaba poco. Tres o cuatro chicos habían empezado a jugar al béisbol con una bola de papel como pelota y un libro de música como bate. Un teléfono móvil sonó, y una chica de un extremo del aula lo sacó de su bolso, lo pegó a su oreja, dio una vuelta sobre sí misma y saludó con la mano al amigo que la llamaba desde nueve metros de distancia. Algunos grupos se habían reunido junto a las ventanas para ver la nevada. Cuatro chicas se sentaron en el suelo y se pusieron a jugar a piedra, papel y tijeras peligrosamente cerca de tres chicos que daban patadas a una pelota. Los demás se dedicaron a deambular, hablar y reír.

Hart no se había movido de la silla. Su pupitre era como un bote salvavidas, un puesto de observación donde se sentía seguro. Sólo cuatro alumnos más, situados cerca de él, seguían sentados. Dos de ellos estaban haciendo los deberes y los otros dos, Colleen y Ross, discutían. Colleen Hester le hablaba casi a gritos a Ross Eastman, que negaba con la cabeza y hacía muecas. A Hart no le gustaban mucho, y Colleen la que menos. Era muy mandona. Mientras Hart los observaba, ambos se levantaron y se aproximaron al escritorio del señor Meinert.

Había demasiado ruido para entender nada, pero Hart vio que Colleen le decía algo al profesor. Él miró a Colleen y después a Ross, y entonces sonrió y asintió y se encogió de hombros: todo a la vez. Luego se dedicó a su revista.

Colleen tiró de la camisa de Ross y lo arrastró hasta el piano eléctrico, al frente de la clase.

—¡Eh, chicos! —aulló Colleen—. ¡Eh, atención! ¡Por favor, quiero hablar! ¡SILENCIO!

La clase se calmó un poco, y Colleen aprovechó para decir:

—Ross y yo queremos proponer una cosa, ¿vale? Acabamos de hablar con el señor Meinert y nos ha dicho que, si queremos, podemos encargarnos del concierto. Y vamos a empezar ya, ¿vale?

A Janie Kingston tampoco le gustaba mucho Colleen. Se levantó y dijo:

—Eso no es justo. ¿Por qué vas a encargarte tú? ¿Por haber hablado primero con el señor Meinert?

Y entonces Tim Miller se subió al asiento de su pupitre, puso cara de tonto y dijo:

—Eh, ¿por qué no voy a encargarme *yo*? ¿Qué tal, chicos?

Y cuatro de los amigos de Tim empezaron a corear:

—¡QUEREMOS A TIM! ¡QUEREMOS A TIM!

Ross levantó las manos y gritó:

—¡Silencio! ¡Venga ya, silencio!

Tim gritó en respuesta:

—¡Cállate *tú*!

Y durante quince segundos unos cuarenta alumnos se gritaron unos a otros:

—¡Que te calles!

El griterío se fue apagando y, cuando hubo un poco menos de alboroto, Ross dijo:

—Janie tiene razón. Hay que hacer las cosas bien. Así que primero que se siente todo el mundo. Luego votaremos para ver quién se encarga del concierto. Se puede votar a cualquiera: a mí, a Janie o a Colleen.

—¡Eh! —gritó Tim—. ¿Y yo qué?

Sus amigos volvieron a corear:

—¡TIM! ¡TIM! ¡TIM!

Ross sonrió.

—Claro. Tim también. Pero se tiene que sentar todo el mundo. Y el que saque más votos gana.

Ross arrancó cuatro o cinco hojas de su cuaderno, las cortó en cuadraditos y las repartió.

Con la misma velocidad con la que apareció el griterío, volvió el silencio. Todo el mundo escribía en su papeleta.

Hart estuvo a punto de votar por Janie, pero en el último segundo escribió el nombre de Ross. Ross era una especie de cerebrito, pero aún así era buena gente.

Colleen sacó un pequeño tambor de una estantería de la clase, le dio la vuelta y echó su papeleta dentro. Después recorrió los pasillos arriba y abajo hasta que todos votaron.

Llevó el tambor a una mesa y lo volcó. Cuando empezó a desdoblar las papeletas alguien voceó:

—¡Eh, no vale! ¡Debería contar otro!

Un chico añadió:

—Sí, que cuente el señor Meinert.

Por toda la clase, los alumnos asintieron y convinieron:

—¡Sí! ¡El señor Meinert!

—¡Sí, que él no hará trampa!

—¡Tiene que hacerlo el señor Meinert!

El señor Meinert, sin dejar de leer su revista, sacudió la cabeza.

Colleen se acercó a él y le dijo:

—*Por favor*, señor Meinert. Todo el mundo quiere que lo haga usted.

En realidad el señor Meinert estaba aliviado, contento de poder hacerse cargo de nuevo de la clase, pero no lo demostró. Dejó su revista, se levantó lentamente y llevó su silla hasta la mesa. Se sentó frente a la pila de papeletas y comenzó a desdoblarlas, colocando cada nombre en montoncitos separados. El único ruido que se escuchaba en el aula era el crujido del papel.

Cuando la última papeleta estuvo desdoblada y clasificada, el señor Meinert se dispuso a contar. Contó las del primer montón y las recontó. Sacó un taco de *Post-it* de su bolsillo, escribió un número, arrancó la nota y la pegó al montón. Luego empezó a contar el segundo. Había al menos setenta y cinco papeletas, así que el recuento le llevó unos diez minutos.

Cuando acabó, miró los números escritos sobre cada montón de votos, y volvió a contar el montón que parecía mayor. Y recontó el que le seguía en tamaño.

El señor Meinert se puso en pie. Inspiró hondo y espiró lentamente. Paseó la mirada por la clase, disfrutando del silencio, gozando de la atención de todos.

Hablando despacio, dijo:

—En primer lugar quiero dar las gracias a los pocos alumnos que han votado por mí. Ha sido muy amable por su parte, pero los votos no son válidos. Ya he dicho que, desde ahora hasta las vacaciones de Navidad, asistiré a esta clase en calidad de observador. En cualquier caso, ahora tengo el deber de comunicar el resultado de esta elección justa y libre. El nuevo director del coro para el concierto de Navidad de este año no es otro que nuestro… Hart Evans.

DIRECTOR

Después del anuncio del señor Meinert la clase guardó silencio, pero sólo un segundo.

—¡Ni hablar! —Hart se aferró al pupitre. Meneó la cabeza y miró a todas partes—. ¡Ni hablar! No pienso ser el director del coro. Ni siquiera he pedido que me votaran. ¡Ni hablar!

Colleen se levantó como un rayo y dijo:

—Yo puedo ser la directora, ¿vale? Sé que puedo hacerlo. Y lo haré muy bien.

El señor Meinert dijo:

—Colleen, por favor, siéntate —después, volviéndose hacia Hart, añadió—: Ya eres el nuevo director, Hart. Todos conocíamos las reglas. Ross dijo que el coro podía votar a cualquiera. Es lo que dijo, y tú no formulaste ninguna objeción. Como todos los demás, aceptaste las reglas. Y también votaste, ¿no?

Hart tragó saliva.

—Ya, sí… claro, voté. Pero yo no quería salir elegido —Hart señaló hacia Colleen y Ross—. Tiene que ser uno de ellos. Eran los que querían ser directores.

El señor Meinert se encogió de hombros.

—Demasiado tarde. No han sido elegidos. Tú sí, y punto —retiró su silla de la mesa de las papeletas y la llevó hasta su escritorio—. Feliz concierto —se sentó, abrió su revista y volvió a su lectura.

Hart no sabía qué hacer. Todos los alumnos lo estaban mirando. Sintió vergüenza.

Colleen se le acercó corriendo y se encaró con él.

—¿Qué quieres que hagamos primero? Ya has oído al señor Meinert. Sólo nos quedan veintitrés días. Tenemos que empezar ya.

Hart se quedó mirándola. Colleen puso los brazos en jarras y añadió:

—¿Y bien? ¿Qué hacemos?

Hart dijo:

—¿Te sabes esa canción que se llama *Soy una teterita*? ¿Por qué no vuelves al frente de la clase y nos la cantas a todos? Sería un buen comienzo.

La broma de Hart provocó grandes risotadas, y los murmullos y las conversaciones se reanudaron.

Colleen puso cara de malas pulgas:

—¿Te crees muy gracioso, no? Pero yo estoy hablando en serio. ¿Qué vas a hacer? Tenemos que empezar.

Hart la ignoró y se puso en pie. Esperando que la clase se aquietara, pensó: "Si el señor Meinert pretende hacerse el duro y jugar conmigo, se va a enterar de que yo también sé jugar".

—De acuerdo, atención. Como nuevo director del coro, declaro que ésta es una hora libre. Y la de mañana también. Desde ahora la hora del coro es una hora libre —dicho esto, Hart se sentó.

Un vitoreo espontáneo recorrió el aula.

—¡Vivaaa!

—¡Bieeen!

—¡Fantástico!

—¡Estupendo!

—¡Genial!

Todavía delante de Hart, con los brazos en jarras, Colleen exclamó:

—¡Qué inmaduro eres! —se dio la vuelta y volvió a zancadas a su pupitre.

En menos de un minuto hubo tanto griterío como antes de la votación.

Leyendo en su escritorio, sin perder ripio, el señor Meinert necesitó una vez más de toda su fuerza de voluntad para no levantarse de la silla. Quería clavar los ojos en la multitud, quería gritarle "¡Silencio!" y obligarla a callarse, pero pensó: "No, no pienso explotar. No pienso vociferar ni despotricar ni parecer un loco furioso otra vez. Esperaré. Esperaré hasta que el ruido y el desorden y la confusión los aturda. Una hora libre… ¡Ja! Nadie puede soportar el caos por mucho tiempo, ni siquiera los alumnos de sexto. Quizá tarden un día o dos, pero se cansarán. ¿Hart y su club de fans se creen que el coro es cosa de risa? Pues muy bien, ¡que sigan pensando así!".

Cuando esa idea le pasó por la cabeza, el señor Meinert tuvo que reprimir una sonrisa, aunque lo que de verdad le apetecía era soltar la carcajada. Hart Evans, el Gomero Solitario… ¡estaba a cargo del coro, a cargo del superconcierto! Resultaba hasta demasiado bueno.

El señor Meinert sabía que estaba siendo mezquino e infantil. Sabía que estaba siendo poco profesional.

Pero en ese momento no le importaba. Estaba pensado en lo bien que se lo iba a pasar. Pronto llegaría el momento en el que Hart y sus secuaces estarían rogándole que se encargara del coro y organizara el concierto. Y cuando hubieran suplicado y lloriqueado lo suficiente, muy poquito a poquito se dejaría convencer. Iba a ser *divertidísimo*.

Sólo había un pequeño fallo en su análisis: el señor Meinert no conocía a Hart Evans tan bien como pensaba.

De hecho, ninguno conocía a Hart Evans tan bien como pensaba; ni siquiera el propio Hart Evans.

CASTIGO

—Centro Palmer, la señorita Hood al habla. ¿Puede esperar un momento, por favor?

Faltaba poco para las tres en punto. Los pasillos estaban casi vacíos, pero la oficina era un hervidero. Papás y mamás habían ido a comentar algo o a recoger niños, y los profesores salían y entraban sin parar. La enfermera se afanaba con una chica que se había despellejado la rodilla, y la secretaria trataba de atender a todo el mundo mientras hacía malabarismos con tres llamadas telefónicas.

Hart se abrió camino trabajosamente hasta el mostrador y esperó.

Tapando con la mano el micrófono del teléfono, la secretaria arqueó las cejas.

—¿Sí?

Hart susurró:

—He venido por lo del castigo.

La señorita Hood sacudió la cabeza.

—Habla más alto, querido.

—Castigo —dijo Hart sonrojándose—. Tengo que cumplir un castigo.

Ella deslizó un papel y un bolígrafo hacia él. Cuando Hart hubo escrito su nombre y la hora, la señorita Hood señaló el banco con una larga uña roja.

Hart tomó asiento y sacó una novela de su mochila, la abrió por el marcador, se apoyó contra la pared y empezó a leer. Tanto la ruidosa oficina como el colegio con todos sus relojes se esfumaron.

Cuando Carson se dio cuenta de que algo iba mal, ya era demasiado tarde. En primer lugar se escuchó una explosión sorda, después un chirrido de neumáticos. El coche corcoveó y se zarandeó mientras él se esforzaba por recuperar el control.

El guardabarros izquierdo rozó la pared del túnel y las chispas salpicaron el parabrisas, dejándole medio ciego. ¡Demasiado rápido, demasiado rápido! ¡Pero los frenos no respondían! Carson luchó con el volante, luchó para evitar que el coche girara y chocara con el camión que se aproximaba en dirección contraria. Era inútil. Como si una mano gigante hubiera aferrado…

—Vaya. El señor Evans.

Hart levantó la vista del libro y parpadeó. El señor Meinert estaba en pie frente a él, sonriendo.

—Parece que estás muy tranquilo. Creí que iba a encontrarte atareadísimo con los preparativos de tu gran concierto. Con tal responsabilidad cerniéndose sobre *mí*, yo solía estar más bien frenético, vamos, hecho un manojo de nervios. Pero este año creo que voy a disfrutar mucho de las fiestas.

El señor Meinert dio media vuelta y se aproximó a la pared de los buzones de los profesores. Sacó un montón de papeles del suyo y, mientras les echaba un vistazo, empezó a tararear *Frosty, el muñeco de nieve.*

Hart intentó sumergirse en su libro, pero el tarareo del señor Meinert se lo impedía: le exasperaba. Y el tipo se lo tomaba con calma, mirando detenidamente cada carta, cada memorando y cada nota.

Por fin el profesor de música se dispuso a marcharse y, mientras se dirigía a la puerta, sonrió a Hart y le dijo:

—Estoy deseando asistir al coro de mañana.

Fue la combinación de la sonrisa y el tono de voz del señor Meinert. A Hart le recordó a su hermana Sara, y ese pequeño comentario le sentó como un codazo en las costillas.

Hart se envalentonó, lo que podía resultar peligroso para un chico que estaba cumpliendo un castigo en la oficina. Le devolvió la sonrisa al señor Meinert y dijo:

—¿Al coro? Ah, se refiere a la *hora libre*. Yo también estoy deseando que llegue esa hora libre.

El señor Meinert se paró en seco. Se le acercó y se encaró con Hart.

—Ese asunto de la hora libre no es buena idea, Hart.

Envalentonándose mucho más, Hart contestó:

—Bueno… pues lo de que yo dirija el coro tampoco lo es. Debería hacerlo otro —hizo una pequeña pausa y añadió—: debería hacerlo *usted*. Usted es el verdadero director.

De repente, al señor Meinert le gustó el giro que estaba tomando la conversación. Dijo:

—A ver qué te parece esto: si mañana puedes convencer a la clase de que debo volver a tomar las riendas, entonces nos pondremos a trabajar. Bastará con que digas que el trabajo es excesivo para un alumno. Eso debería funcionar. Por supuesto, ellos seguirán queriendo tener la hora libre, pero eso es problema tuyo. ¿Te parece justo?

Hart asintió.

—Claro —sonaba como si quisiera lavarse las manos, así que añadió—: lo haré.

—De acuerdo entonces —dijo el señor Meinert—. Hasta mañana.

Y salió de la oficina.

Mientras se alejaba, Hart le escuchó silbar una melodía: *Decoremos los salones con acebo, la la la la la, la la la la.*

Hart estaba aliviado, pero no se sentía tan alegre como el señor Meinert. A Hart le quedaba mucho castigo por cumplir.

Dejó su libro, apoyó los codos en las rodillas y puso la barbilla sobre las manos. Se quedó mirando las motitas marrones y verdes de la moqueta, pensando y pensando. Y cuanto más pensaba, más le gustaba la idea de que señor Meinert se volviera a encargar del concierto. Cualquier otra solución conllevaría más problemas, y quizá más castigos.

Pero la sensación de haber recibido un codazo en las costillas no se le quitaba. Casi parecía que el señor Meinert le hubiera engañado. ¿Pero cómo? Hart no se lo explicaba.

Lo de que el coro volviera a la normalidad… esa parte del trato estaba bien. Mejor que bien… de maravilla. Hart no quería encargarse de ese concierto. Ni de ése ni de ninguno: ni hablar. Lo que quería era esconderse en la última fila y mascullar las canciones como de costumbre.

Y todo lo que tenía que hacer era levantarse en clase mañana y decirle a todo el mundo que le era imposible organizar el concierto. Y luego pedirle al señor Meinert que se hiciera cargo él. No era para tanto. Sabía que podía hacerlo, y sabía que podía convencer a la clase. Pero había algo que seguía dándole la lata. Dio vueltas y más vueltas al asunto.

Pensando en la última clase, recordó lo que había pasado cuando dijo que el director debería ser Colleen o Ross. El señor Meinert había dicho: "No han sido elegidos. Tú sí".

Hart pensó en ello, en lo de ser elegido, y sin pedir un solo voto. "¿Por qué me eligieron a mí? Porque soy popular, por eso".

Hart siempre había creído que lo era. Pero, ¿esa elección? Lo confirmaba. Y eso le hizo sentirse bien.

Luego caviló: "Pero también fue una especie de broma. Todos pensaron que sería divertido que yo fuera el director. Sobre todo después de lo de las gomas. Pensaron que sería divertido".

Hart sonrió y asintió. *Era* divertido.

En ese momento Hart se enderezó en el banco de la oficina, se enderezó tan deprisa que le faltó un pelo para darse un coscorrón con la pared. "Al señor Meinert... ¡también le parece divertido! ¡Que yo sea el director! Y que yo me ponga en pie mañana y diga que no puedo hacerlo... ¡piensa que eso será lo mejor de todo! ¡Yo me moriré de vergüenza y él se lo pasará en grande! ¡No parará de reírse!".

Hart se quedó sentado mirando fijamente ante sí, asintiendo lentamente, con los ojos brillantes. La expresión de su cara era de tanta concentración que, cuando la señorita Hood le miró, se levantó y dijo:

—Hart, ¿te encuentras bien?

Sorprendido, Hart la observó con cara de incomprensión.

—¿Yo? —preguntó.

La señorita Hood dijo:

—Sí, tú. ¿Estás bien?

Hart asintió y, esbozando una sonrisilla torcida, dijo:

—Claro. Estoy *muy bien*.

GENIAL

El viernes el señor Meinert pidió al coro que prestara atención, como de costumbre. Y el coro prestó atención, como de costumbre. Entonces dijo:

—Hart, todo tuyo.

De inmediato Tim Miller gorjeó:

—¡Yupiiii! ¡Hora libre!

Antes de que se desataran más vítores, Hart se levantó y dijo:

—Quietos todos. Quiero un momento de silencio.

Todos se callaron. El repentino silencio sorprendió a Hart casi tanto como al señor Meinert.

Hart se quedó de piedra durante unos segundos y empezó a sonrojarse. Pero tragó saliva y continuó:

—Sé… sé que yo… bueno, lo de ser elegido y demás. Sé que fue una especie de broma; y es bastante gracioso.

Tim Miller agitó una mano y soltó:

—¡Jaa, jaa, jaa! ¡Huaaajajajá! —exagerando una gran risotada.

Los demás también se rieron, pero, cuando Hart levantó la mano, todos guardaron silencio.

Otra vez le sorprendió a Hart que le hicieran tanto caso. Y lo mismo le pasó al señor Meinert.

Hart dijo:

—Es divertido y todo eso, pero la verdad es que va a haber un concierto. O sea, que tendremos que estar en el auditorio delante de todo el mundo durante mucho rato y… y hacer algo.

—¡Eh! —dijo Tim—. ¡Yo puedo bailar! ¡Mira! —se levantó de un salto y empezó a menear las caderas y a agitar los brazos.

Hart sonrió y asintió, y después dijo:

—Sí, pero ¿puedes estar así en el escenario tú solo durante media hora… con tu abuela mirando?

Eso provocó una gran carcajada; Tim hizo una reverencia y se sentó.

Hart dijo:

—Así que anoche me puse a pensar. Y pensé que era mejor que no tomáramos la hora libre. Porque preparar un concierto no es nada fácil.

Tim y algunos de sus colegas dijeron:

—¡Eh, eso no es justo!

Pero casi todos escuchaban a Hart y asentían, dándole la razón.

El señor Meinert también escuchaba. Ahora venía la parte que tanto había esperado.

Hart prosiguió:

—Así que tengo algo que preguntarle al señor Meinert; es una pregunta muy importante.

El señor Meinert se levantó y miró a Hart. El profesor de música tuvo buen cuidado de mantener a raya su cara, de conservar una expresión neutra. No quería que se notara lo feliz que le hacía que se solicitara su regreso. Y quería ser capaz de fingir sorpresa cuando Hart se lo pidiera.

Hart carraspeó. La clase seguía siendo como una tira cómica. Hart dijo:

—Lo que quiero preguntarle, señor Meinert, ya que usted dijo que tendríamos que organizar todo el concierto —el señor Meinert asintió y Hart siguió adelante—, es si la intervención del coro podría durar más de treinta minutos. Porque tengo montones de buenas ideas sobre cosas geniales que podríamos hacer, el problema es que no sé si con media hora tendremos bastante.

Antes de que el señor Meinert pudiera articular palabra, Ed Kenner preguntó:

—¿Qué clase de cosas, Hart?

—Eso —dijo Colleen—, ¿te refieres a trajes? ¿O adornos, como copos de nieve o estrellas? Porque yo también he estado pensando en el concierto.

Hart asintió, sacando un cuaderno de su mochila.

—Sí, montones de trajes, y cosas como solos de tambor y karaoke con el público. Y quizá alguno podría disfrazarse de Elvis con traje de Papá Noel.

—¡Yo! —gritó Tim—. ¡Yo! ¡Puedo ser un Elvis tremendo! —se levantó y volvió a bailar.

Jenna hizo señas con ambas manos.

—¡Hart! ¡Hart! Yo tengo dos disfraces de peonza que hizo mi tía para Hanukkah (tú te los pones y das vueltas y más vueltas y te mareas y te caes, pero no pasa nada porque están hechos con el plástico blando ese). ¿Podríamos usarlos, no crees?

—¡Claro, me parece estupendo! —contestó Hart—. ¡Podemos hacer *montones* de cosas!

Una actividad febril invadió la clase, y seis o siete chicos más trataron de llamar la atención de Hart, pero él levantó la mano y dirigió la palabra al señor Meinert. De nuevo se hizo el silencio y Hart preguntó:

—¿Qué le parece, señor Meinert? ¿Se podría alargar un poco nuestra actuación?

El señor Meinert trataba de disimular su asombro. No se comportaba como era debido. Su boca sonreía, casi sonreía. Pero sus ojos no. Allí no había sonrisa alguna. Y su voz también lo delataba. Masculló:

—Bueno… no conviene que dure demasiado.

—¿Pero va a venir a vernos todo el mundo, no? —preguntó Hart—. Usted lo dijo.

El señor Meinert asintió levemente.

—Pues eso —dijo Hart—, entonces podemos alargarlo un poco siempre que no nos pasemos, ¿no?

La cara del señor Meinert estaba hecha un verdadero lío. Ya no le quedaba ni rastro de sonrisa.

—Sí… supongo.

—¡Estupendo! —dijo Hart. Se dirigió a la clase—: Y ahora tenemos que empezar en serio, ¿vale? Colleen, ¿podrías ser algo así como la directora de escena? Creo que harías un gran trabajo —Colleen sonrió y asintió, y Hart añadió—: y podrías reunir a algunos alumnos para pensar en los adornos. Y los trajes. Porque podemos hacer lo que queramos. No tiene por qué ser como los conciertos habituales. Y podemos discutir las ideas el lunes. Y ¿tiene alguien uno de esos programas de karaoke para ordenador?

Ann y Lee levantaron las manos. Hart asintió y dijo:

—Genial… hay que mirarlos durante el fin de semana para ver si hay algún villancico. Eso sería muy divertido. Y, un momento. También tendremos que cantar algunas de las canciones típicas de los conciertos, porque, claro, somos el coro. Así que, por favor, sería bueno hacer una lista de las canciones que nos parezcan bien; el lunes las escribiremos en la pizarra y decidiremos cuáles cantar. Y si alguien quiere hacer un solo, sería estupendo… pero nadie está *obligado* a hacerlo. Vamos a ver, ¿cuántos sabéis tocar un instrumento?

Completamente ignorado, el señor Meinert se retiró a su escritorio. Trató de comportarse como si no estuviera interesado, pero lo estaba. También trató de comportarse como si no hubieran herido sus sentimientos. Pero lo habían hecho. Y su cara seguía delatando su estado de ánimo.

Pero lo peor de todo era el torbellino de su cabeza. No podía creerse lo que acababa de ver. ¡Cuatro minutos! A Hart Evans le había costado sólo cuatro minutos conseguir que todos se entusiasmaran con la perspectiva de trabajar juntos. Y no sólo eso: todos y cada uno de ellos se alegraban de hacer *más* de lo que les correspondía.

Mirando por el rabillo del ojo, el señor Meinert vio que Hart se apresuraba a acercarse a Ross, y oyó que Hart vocalizaba perfectamente al preguntar:

—Eh, ¿puedes hacerte cargo de organizar toda la música el lunes? ¿Puedo contar contigo?

Ross sonrió y dijo que sí, emocionado, honrado de que Hart le confiara un trabajo tan importante.

"¡Genial!", la palabra se coló en la mente del señor Meinert. "¡El chico ha conseguido que Colleen y Ross trabajen para él! ¡Genial! Y hasta ha logrado que Tim Miller se centre, a lo loco, pero que se centre. ¡Genial!".

Como para confirmar el último punto, Tim se acercó trotando al escritorio del señor Meinert; resollaba y daba botes a izquierda y derecha.

—¿Señor Meinert? ¿Señor Meinert? ¿Ha visto lo que hace Elvis cuando canta? Ya sabe, lo del labio superior. ¿Es así… como así? —Tim hizo una mueca de profundo desdén.

El señor Meinert sonrió y asintió.

—Casi. Alquila una película de Elvis este fin de semana, quizá *Amor en Hawai*. Lo captarás.

—¡Genial! —dijo Tim, y volvió a desmandarse, tocando una guitarra imaginaria.

En los siguientes treinta y cinco minutos la clase de música no se sumió en el caos. En vez de eso, se formaron grupos, sentados en el suelo, alrededor de las mesas de la parte inferior de la clase y de pupitres arrastrados hasta las esquinas. Había muchas conversaciones, mucho movimiento y algunas discusiones, y gritos, y también risas. Había mucho ruido, pero la mayor parte de él tenía un objetivo.

Y mirara donde mirara el señor Meinert, allí estaba Hart, en el centro de todo, yendo de un grupo a otro con su cuaderno, haciendo anotaciones, haciendo bromas, haciendo amigos, logrando que el coro trabajara codo con codo. Y sonriendo.

Porque Hart Evans no tenía el menor problema con su cara. Ni el más mínimo.

SENTIMIENTOS

A las tres y cuarto del viernes, el señor Meinert estaba sentado a solas en la clase de música. Se había dejado caer en la silla, mirando fijamente la pared. Un par de noches atrás su mujer le había dicho que debía dejarlo. Y ahora estaba de acuerdo con ella. Quería renunciar, renunciar y punto.

"No veas", pensó, "¡soy un profesor fantástico! ¿En qué estaba pensando? Tanto pavonearme: 'El concierto está en manos de los alumnos'. Y cuando Hart acepta el desafío y parece que los chicos van a empezar por fin a trabajar en equipo, ¿qué hago yo? Me enfado; y voy y empiezo a darle vueltas a mis sentimientos heridos, como un niño grande. ¡Vaya perdedor! ¡Me… me rindo!".

En ese preciso instante Hart estaba sentado a solas en el largo banco de la oficina. Lidiaba con algunos de sus propios sentimientos. Parte de él quería alegrarse por lo que había logrado en el coro. Le había salido de maravilla. El señor Meinert había esperado una cosa y él había hecho justo la contraria. Había preparado una trampa perfecta. Y el señor Meinert sabía que lo había hecho aposta. La cara del profesor cuando Hart se sacó de la manga las sorpresas para el concierto no había tenido precio. El tipo había intentado disimular, pero no le funcionó. La furia estaba ahí para quien quisiera verla.

Pero además de la furia, Hart había visto otra cosa, había vislumbrado algo justo antes de que pudiera esconderlo. Había visto cierta tristeza en los ojos del señor Meinert, cierto dolor. Y a una parte de Hart eso no le gustaba tanto.

"Pero", se dijo "la culpa ha sido suya. Sólo he hecho lo que él trataba de hacerme a mí. Sólo que yo lo he hecho mejor, eso es todo. Y si por eso se enfada… pues, peor para él".

Hart intentó no darle más vueltas, intentó hacer los deberes de mates. Pero no podía dejar de pensar en lo mismo.

Diez minutos después, el señor Meinert tenía el abrigo puesto. Agarró su cartera, recogió un montoncito de correo de su escritorio, cerró la puerta de la clase de música y se encaminó a la oficina.

Tenía una mano sobre el pomo de la puerta cuando vio a Hart sentado en el banco, bajo el reloj. El señor Meinert se detuvo, giró rápidamente sobre sus talones y salió disparado hacia la salida, guardando los sobres en el bolsillo de su abrigo. El correo podía esperar. Ya había tenido suficiente Hart Evans por un día.

Estaba a punto de salir del colegio cuando oyó:

—¡Eh! ¡Señor Meinert!

Era Hart.

El señor Meinert se dio la vuelta y, fingiendo sorpresa, dijo:

—Ah, eres tú. Tengo un poco de prisa. ¿No puede esperar lo que sea hasta el lunes?

Hart trotó por el vestíbulo hasta llegar frente al profesor. Hizo lo que pudo para sonreír mientras resollaba. Jadeó más de lo necesario y se abanicó la cara, haciendo tiempo. No estaba seguro de lo que iba a decir, pero tenía que decir algo, lo que fuera. Así que se limitó a ponerse a hablar.

—Umm… Quería decirle… que, que ¿qué tal lo he hecho en el coro? Sé que no ha tenido que ver con lo que hablamos ayer, y creo que usted se ha enfadado. Y lo siento. Porque supongo que yo lo sabía… que se iba a enfadar, digo —Hart tragó saliva y se obligó a continuar hablando, con el pensamiento apenas un paso por delante de las palabras—. Pero… pero si le he hecho enfadar hoy… eso significa que usted no deseaba dejar el concierto, ¿no? O sea, que se ha enfadado porque… porque usted todavía quiere dirigirlo, ¿no?

El señor Meinert no quería mantener aquella conversación. No quería contestar la pregunta de Hart. Estuvo tentado de darle la espalda y salir por la puerta.

Pero no eludió la pregunta. En lugar de eso, hizo lo que había hecho durante toda su vida: decir la verdad.

Asintió.

—Sí, Hart, es cierto. Me hubiera gustado volver a hacerme cargo del coro.

Hart dijo:

—¿En serio? —entonces, discurriendo a toda velocidad, añadió—: ¡Eso… eso es *estupendo*! ¡Cuánto me alegra oírselo decir! Porque creo que podemos organizar algo parecido a un concierto, los alumnos, digo, pero en realidad yo no entiendo mucho de música. Ninguno de nosotros entiende mucho, como usted no, desde luego. O sea… o sea que si tenemos problemas, con la música por ejemplo, ¿nos ayudará? O sea, ¿puedo contar con usted?

El señor Meinert recordó lo que había visto en el coro, recordó la charla de Hart con Ross. Y pensó: "¡Hart Evans me está contratando! ¡Me está invitando a entrar en su equipo, como ha hecho con Ross!". El profesor se quedó boquiabierto, asombrado por el descaro del chico.

Aún así, parecía una invitación sincera, así que contestó con sinceridad:

—Sí, puedes contar conmigo.

Hart sonrió y tendió la mano; después de dudar medio segundo, el señor Meinert la estrechó, sorprendiéndose por la fuerza que transmitía aquel chico, por su vitalidad y su franqueza.

—¡Estupendo! —exclamó Hart—. Bueno… tengo que volver al castigo. Así que… hasta el lunes.

El señor Meinert asintió, salió del edificio y se dirigió hacia su coche.

Mientras tomaba una gran bocanada del frío aire de noviembre, no tuvo más remedio que sonreír. Y cómo le había pasado con anterioridad, se le ocurrió una palabra: "¡Genial!".

VISTO DESDE FUERA

El aula del coro no era la única zona del Centro Palmer que bullía de actividad. Hart había sido elegido para dirigir el coro de sexto hacia la una y media del jueves 18 de noviembre. A las tres y media del mismo día el señor Richards había recibido una llamada telefónica.

—¿Señor Richards?

—¿Sí?

—Soy Melanie Baker, la madre de Karen Baker. Mi hija está este año en el coro de sexto, y hoy, al volver del colegio, me ha dicho que un chico que se llama… ¿Hart? O Bart… bueno, lo que sea; que un chico de sexto es el actual director del coro. Y dice que el profesor de música va a dejar que los chicos hagan lo que quieran. ¿Sabe usted algo de esto?

El señor Richards no sabía nada, pero no lo dijo. Lo que dijo fue:

—El director del coro es el señor Meinert, y es un profesor excepcional. Sé que el coro está trabajando mucho para preparar el concierto de Navidad y, si el señor Meinert ha pedido a los alumnos que colaboren, es normal que en la clase haya un poco más de actividad que de costumbre. ¿Es eso lo que inquieta a su hija?

La señora Baker se rió.

—¿A ella? Karen se moriría si supiera que lo he llamado. A ella le encanta que la clase sea un batiburrillo, y me ha dicho que mañana va a llevar el reproductor de CD y unos altavoces para ensayar bailes con su amiga. La que está preocupada soy *yo*. Me parece que hay demasiado descontrol.

El director le aseguró a la señora Baker que ninguna parte del colegio había estado nunca descontrolada, y que él en persona estaría pendiente de la evolución del coro.

La segunda llamada apareció en espera antes de la despedida de la señora Baker.

—Hola, señor Richards, soy Maureen Kendall. Desearía solicitar un cambio de clase para mi hijo Thomas, si es posible. Después de comer, le gustaría ir a una sala de estudio, ¿la biblioteca quizá? A esa hora tiene coro pero, por lo que me ha contado de la clase, creo que le vendría mejor una hora tranquila de estudio.

El director le explicó que los cambios de clase a mitad de curso no estaban permitidos, y después le aseguró que el coro era el lugar ideal para Thomas y que cualquier tipo de desorden en esa clase era meramente temporal. Cuando llegó la hora de marcharse, el señor Richards había atendido las llamadas de otros dos padres preocupados por la situación en el coro de sexto curso.

El señor Richards no era de natural entrometido, pero tenía la responsabilidad de velar por la calidad de la enseñanza y la seguridad diaria de todos los alumnos. En consecuencia, si en el coro o en cualquier otra clase había un problema, él debía estar al tanto. Decidió que al día siguiente investigaría un poco.

El viernes después de comer, en vez de ir directamente a su despacho desde la cafetería, el señor Richards salió al patio, volvió a entrar por el gimnasio, atravesó el pasillo, el centro de informática, el auditorio y el escenario y salió por la puerta opuesta. Se dirigía al aula del coro.

Oyó a la clase en cuanto se adentró por el largo pasillo. El alboroto iba en aumento con cada paso que daba. Cuando miró a hurtadillas a través del cristal de la puerta cerrada, le pareció que aquello no tenía buena pinta. Había niños sentados por el suelo, mesas y sillas amontonadas sin ton ni son, ruido que sobrepasaba los niveles aceptables y un chico que hacía como si tocara la guitarra correteando por el aula. Y en medio de aquel desbarajuste estaba el señor Meinert, sentado tan tranquilo ante su escritorio, leyendo. Aquello no estaba bien, pero que nada bien.

El señor Richards apoyó una mano sobre el pomo, y en ese momento sus ojos cayeron sobre Hart Evans. El chico estaba medio oculto, agachado junto a unas chicas sentadas en el suelo. Hart asintió al decir algo una de ellas y después fue mirando a las demás, una por una, mientras oía sus comentarios y tomaba notas en un cuaderno.

Luego se levantó, se aproximó a un grupo de chicos que discutían, se quedó escuchando un minuto y dijo algo. Los chicos atendieron y asintieron, Hart tomó notas y se marchó.

El señor Richards reconoció lo que sucedía. Había hecho esa clase de trabajo durante casi toda su vida laboral. Era trabajo de grupo. Y Hart Evans era sin duda el presidente. Sí, había ruido, y alguien debería bajarle los humos al chico que bailoteaba por todas partes. Pero la situación no era peligrosa ni estaba fuera de control. Tendría que estar pendiente de la situación, pero nada más.

Mientras volvía paseando a su despacho, se felicitó a sí mismo por ser tan tolerante y tan flexible. "¿Quién teme un poco de lío? Yo no. La educación es experimentación. ¡Eso es lo que hace que este trabajo sea tan estimulante!".

Pero en el fondo de su mente escuchaba el susurro de otro pensamiento: "Este Meinert… es creativo, aunque se exalta mucho. ¡Espero que sepa lo que se trae entre manos!".

VIENTO EN POPA

Después de su elección por sorpresa, y después de contratar al señor Meinert para su equipo, Hart disfrutó un montón de sus primeras siete horas como director. Aquello ya no tenía nada que ver con el antiguo coro de sexto. Era "El coro según Hart". No había ensayos interminables ni exigencias excesivas. Durante esas siete primeras horas, por no haber, no hubo ni canto. El coro se había transformado en algo genial, y el concierto de Navidad lo demostraría. Porque ese concierto iba a ser sorprendente, fantástico, maravilloso… y hasta divertido.

Hart les pidió a todos que pensaran a lo grande, con libertad, con audacia. Les pidió que rompieran moldes. Ese concierto iba a ser único, excepcional, extraordinario. Hart aseguró a sus compañeros que podían hacerlo, y ellos le creyeron. Él era el intrépido capitán que guiaba su barco por aguas ignotas. Los cielos eran azules, los vientos favorables y las suaves olas los conducían hacia alegres horizontes. Todo iba viento en popa. A las órdenes de Hart, las ideas subían como la espuma y todas eran bienvenidas a bordo.

Hart sonrió y asintió mientras Jim Barker exponía su apabullante plan para cambiar por completo el auditorio. Jim había hecho algunos diagramas con su ordenador. Habría tres pasillos que darían a un escenario situado en el centro de la sala, donde el coro estaría rodeado por el público, y focos que lo iluminarían desde todos los ángulos, igualito que en un programa muy bueno de la televisión. Jim sólo le encontraba un problema: los asientos del auditorio estaban atornillados al suelo de cemento. Hart le dijo que siguiera pensando.

Hart sonrió y asintió mientras Lisa Morton explicaba que quería volar sobre el escenario con cables, como Peter Pan, sólo que disfrazada de ángel, o de elfo de Papá Noel, o de copo de nieve con brazos y piernas. Hart la ayudó a hacer una búsqueda rápida en Internet que demostró que la instalación para esa clase de vuelo costaba unos doce mil dólares (sin contar con el costo del seguro que había que contratar para casos de lesiones o muerte). Lisa dijo que le comentaría a su padre lo del dinero.

Hart sonrió y asintió mientras Olivia Lambert y Shannon Roda describían su número de baile. Eran de las chicas más guapas de sexto e iban juntas a clase de ballet; querían hacer la danza de las pastoras de mazapán de *Cascanueces*. Ya habían conseguido los trajes y, si la orquesta de sexto no tenía tiempo para aprenderse la música, pensaban llevar un CD y un reproductor que permitía ponerla a todo volumen. Y la madre de Shannon se había ofrecido voluntaria para encenderlo y apagarlo cuando fuera preciso. Parecía bastante lioso, pero a Hart le gustaba cómo le sonreía Shannon, así que le devolvió la sonrisa y siguió asintiendo.

Cada día a chicos y chicas se les ocurrían ideas nuevas, todas interesantes, todas creativas. Incluso le llamaban a casa para preguntarle su opinión. Jasmine Royce había preparado un número gimnástico con la música de *El país de las maravillas invernal*. Tres muchachos querían disfrazarse con propiedad y escenificar *La canción de las ardillas*. Cinco chicas querían salir de grupo de chicos y cantar una versión hip-hop de Rudolf, el reno de la nariz roja. Y el capitán Hart Evans sonreía y asentía y tomaba detallados apuntes en su diario de navegación, y prometía considerar cada idea detenidamente.

Hart se alegraba de tener a Colleen como segunda de abordo. La chica era práctica y sensata, y ella y su equipo de montaje se habían puesto a trabajar de inmediato. Tenían buenas ideas para los decorados, que eran sencillos y factibles. Iba a haber estrellas y cintas por todas partes (doradas y plateadas, azules y blancas, rojas y verdes, cientos y cientos de ellas), pinchadas sobre el telón, colgadas del techo, pegadas a las puertas y las paredes. El equipo tenía esbozos y planes, listas de materiales y horarios. Iba a quedar fantástico.

Allison Kim estaba en el equipo de Colleen, y había visto por la televisión un programa sobre un circo francés: el *Circo del Sol*. Le encantaba su vestuario, así que se puso a discurrir. Algunos de los planes de Allison eran bastante estrambóticos, y casi todos sus trajes imposibles de hacer, pero a Colleen y al equipo les encantó una idea: todos los del coro llevarían un tocado especial: ése que es como una diadema de alambre con puntas y un bucle en el centro. Una estrella brillante colgaría de cada tocado. Así, cuando salieran al escenario, cada chico y cada chica irían siguiendo sus propias estrellas.

Y Allison y el equipo de montaje incluso dieron con un nombre especial para el concierto. Querían llamarlo *Esperanza Invernal.*

Hart observaba mientras Ross y dos ayudantes pasaban esos primeros días en el mar escribiendo con esmero los nombres de las canciones en la pizarra. La lista aumentaba día tras día. Ross había escrito tres grandes carteles (¡POR FAVOR, NO BORRAR!) para que los conserjes no arrasaran su trabajo por la noche.

La lista de canciones incluía algunos de los villancicos de más éxito como *Jingle Bells* y *Blanca Navidad* y *Ya viene Papá Noel.* Canciones de Hanukkah como *Tengo una peoncita* y *¡Shalom, niños!* Temas populares como *Rocanroleando alrededor del árbol* y *Feliz Navidad.* Y villancicos tradicionales como *Noche de paz* y *La primera Navidad.* Y Heather Park y Jeanie Rhee habían escrito el título de un villancico coreano en la pizarra. Querían cantarlo a dúo.

Después del tercer día Hart había dicho:

—¡Eh, Ross! Estás haciendo una lista superlarga.

Ross sonrió con orgullo.

—¡A que sí! Unas ochenta canciones, ¡y todavía me faltan!

Hart hubiera querido recordarle que sólo iban a poder cantar seis, siete o, como mucho, ocho canciones; pero para ser un buen capitán hay que saber qué decirle a la tripulación. Así que le dio una palmadita en el hombro y exclamó:

—¡Estás haciendo un gran trabajo, Ross, un gran trabajo!

Hart sonrió y asintió mientras Tim Miller se devanaba los sesos para preparar su actuación. Tim pasaba un montón de tiempo tratando de imaginar si Elvis llevaría o no llevaría barba si se disfrazara de Papá Noel; algunos días decidía que sí, otros que no.

Hart también sonreía y dirigía cabezadas al señor Meinert, cuando se acordaba de que existía. La mayor parte del tiempo Hart estaba demasiado ocupado, pero el señor Meinert ya no se sentía excluido. Se daba cuenta de que Hart disfrutaba siendo el responsable, y eso le gustaba. Por el momento, el profesor se conformaba con observar.

Contempló cómo zarpaba el capitán Hart Evans, cómo iniciaba su travesía. Y, al igual que Hart, él también disfrutó de esos primeros días en el mar. Se sintió como un polizón invisible. Se sentara al escritorio o anduviera por la clase, sus alumnos solían ignorarle. No les importaba si escuchaba o no. Él lo veía y lo oía todo, y estaba encantado con la energía y el entusiasmo que desplegaban. La clase no se calmaba nunca, pero tampoco llegaba a desmandarse.

Estas aguas también eran desconocidas para él, y por eso prestaba atención. Estaba aprendiendo. Y se sentía como si viera niños reales por primera vez desde que empezó a enseñar música.

Aún recordaba muy bien sus primeros días de prácticas. Había sido arrojado a un aula llena de colegiales, y se había comportado con demasiada amabilidad, demasiada timidez, y eso los niños lo notaban. Se habían negado a obedecerle. Se pusieron a hacer el tonto, y después de quince minutos de caos (quince minutos que le parecieron diez horas), el profesor habitual tuvo que intervenir para restablecer el orden. Desde entonces, el señor Meinert había tenido miedo de que la clase se le fuera de las manos.

Por eso organizaba cuidadosamente sus clases, sobre todo las del coro. El coro era enorme. Siempre las planeaba hasta el último detalle. Elegía las actividades y hacía que los niños pasaran de una a otra sin pausa, sin descanso, sin pérdida de tiempo. Les enseñaba un montón de cosas y, lo que era más importante, nunca perdía el control.

"El coro según Hart" no funcionaba así. ¿Estaba Hart al mando? No lo parecía. Hart era el timonel del barco, más o menos, pero los demás niños eran los que daban aliento a las velas. Y fuera cual fuese la fuerza y velocidad del vendaval, Hart no se amedrentaba.

Observar a los niños le hizo reconsiderar también su actitud hacia los conciertos. Siempre había pensado que un concierto de colegio debía ser como una piedrita preciosa, media hora de orden y perfección, sin cabos sueltos, sin sorpresas. ¿Y quién era el responsable de todos y cada uno de los detalles? Fácil: el señor David Meinert, director del coro. Los conciertos habían sido sus conciertos. Siempre era consciente de la presencia de su profesor de dirección de coral, o del director del colegio, o del consejero de bellas artes del instituto. Allí, entre el público, siempre había alguien que lo vigilaba, que lo juzgaba.

Y, para sus adentros, la gran pregunta había sido siempre la misma: ¿Cómo controlo a esta panda de revoltosos y cómo consigo… cómo los obligo a que den este concierto para mí?

Hart Evans aparentaba tener una idea muy diferente de las cosas, si es que tenía alguna. Eso que ocurriría el 22 de diciembre no iba a ser un concierto. Iba a ser más bien como una fiesta.

El señor Meinert no había olvidado la promesa que le hizo a Hart: "Puedes contar conmigo". Aunque Hart no le había pedido nada todavía, el señor Meinert sabía que ya estaba ayudándole. Él estabilizaba el barco por el mero hecho de ser el adulto de la clase. Y al comunicarle al señor Richards que los chicos iban a organizarlo todo, se había encontrado con que el director demostraba una tolerancia sorprendente y hasta le apoyaba. Así que el profesor de música sabía que su papel también era importante.

Hart tenía mucho talento, cierto, pero después de ver varias horas de clase, el señor Meinert había llegado a la conclusión de que, más tarde o más temprano, el chico le pediría ayuda.

MOTÍN

En esas siete primeras horas de clase como direc-tor electo del coro, Hart Evans se había sentido mejor que nunca consigo mismo, con la vida en general y con el colegio en particular. Todo era mucho más diverti-do. La vida era un gran sí y nada más que un sí.

Y se debía a una cosa: Hart había alcanzado nuevas cotas de popularidad. Ahora era conocido y admirado por todos los alumnos del Centro Palmer, y no sólo por los chicos de su colegio de enseñanza primaria. Había conseguido ser famoso y estaba haciendo algo interesante. Se había puesto a organizar la actuación en el aula del coro y, en sólo siete días, todo el mundo se había disparado. ¿Y por qué no? Era un descomu-nal desafío creativo. Haz lo que quieras. No te cortes. Fuera cual fuese la pregunta, Hart contestaba: "¡Estu-pendo!" o "¡A por ello!" o "¡Alucinante!".

Se había corrido la voz, y por todo el colegio los chicos pensaban que Hart era genial y las chicas que era guapo.

Se lo estaba pasando en grande, pero en el fondo sabía que las cosas no podían seguir así. Estaba todo demasiado confuso, demasiado borroso, como desenfocado. Un montón de ideas habían salido a flote y todo el mundo se estaba divirtiendo, pero el concierto en sí no tomaba forma. Y las horas de clase pasaban.

Hart vio que parte del problema radicaba en la propia naturaleza humana. Sin un profesor que mantuviera la unidad de los alumnos, el coro se había dividido por su cuenta en varias tipologías de personalidad, y Hart había reconocido tres grupos: los aplicados, los pasmarotes y los papanatas.

Algunos alumnos no podían englobarse con claridad en ninguno de esos tres grupos principales, así que Hart también había identificado a los aplicados pazguatos, los pasmarotes patosos y, los peores de todos, los papanatas pirados.

Y después estaba Tim Miller. Tim era un aplicado pazguato papanatas.

Los papanatas graves eran casi todos chicos, y se habían instalado al fondo del aula, cerca de las ventanas. Para ellos el coro se había convertido en el paraíso de la patochada. Tres o cuatro jugaban a las cartas todos los días, otro tenía siempre una pelota en el aire y uno o dos más se dedicaban a darle con ahínco a sus reproductores de CD, sus iPod o sus Game Boys, y se desconectaban durante una hora. Los papanatas no eran productivos, pero tampoco incordiaban.

Los papanatas pirados sí que eran un problema, aunque por suerte sólo había dos: Sara Boothe y Kyle Gannon. Sara y Kyle trabajaban en equipo, pululando por la clase. ¿Quién transformó esos títulos de villancicos de la pizarra en *Noche de pan*, *A reñir, pastores* y *El tontorrilero*? Kyle y Sara. ¿Quién pegó la mochila de Colleen a la pared y pringó de purpurina plateada el pelo de Ross? Se puede suponer. Al menos una vez por clase, el señor Meinert les dedicaba una mirada furibunda, y eso ayudaba. Pero los papanatas pirados necesitaban que se les impusiera disciplina continuamente, y "El coro según Hart" no se llevaba así.

Los pasmarotes absolutos, los aplicados pazguatos y los pasmarotes patosos estaban bien mientras los aplicados a secas les dieran ocupación. Colleen era una superaplicada en toda regla, y se había convertido en la mayor empleadora de la clase. Tenía un equipo de al menos quince tipologías de pasmarotes recortando estrellas y cintas, y los hacía trabajar a todas horas, todos los días. Ross se había agenciado dos pasmarotes y un aplicado pazguato para organizar las canciones en grupos, copiarlas en la pizarra y teclearlas de forma inteligible en el ordenador del señor Meinert. Había también otros aplicados, como Allison Kim y Jim Barker, que utilizaban pequeños grupos de pasmarotes para que ayudaran con sus proyectos. Y había aplicados que iban por libre como las bailarinas de *Cascanueces*, y Carl Preston, el mago, que se dedicaba en exclusiva a darle vueltas a su actuación. Más Lisa Morton, que aún seguía pensando en la forma de flotar sobre el escenario como un ángel.

Después de una mirada al calendario a principios de la segunda semana de diciembre, Hart supo que había llegado el momento de tomárselo en serio. Había llegado la hora de tomar decisiones, de ejercer el mando, de organizar las cosas. Y, desde luego, había llegado la hora de ponerse a cantar. La mitad de los días de ensayo habían pasado, y el coro no había cantado aún ni una sola canción, al menos juntos no, no como "el coro".

En consecuencia, el martes 7 de diciembre, Hart se llevó a casa sus anotaciones sobre el concierto. Esa noche, después de cenar, estudió la extensa relación de posibles actividades. Revisó la lista de canciones recomendadas por Ross. Y luego, empezó a ser el director.

Después de una hora de pensar y repensar, se acercó al ordenador del salón y se puso a escribir, ensamblándolo todo. Luego fue a la copiadora y sacó setenta y cinco copias.

Y al principio de la clase del 8 de diciembre (con once días de ensayo por delante) Hart llamó al coro al orden y repartió los programas.

—¡Eh! —chilló Tim Miller—. ¿Por qué no sale mi nombre?

Carl gritó:

—¿Y qué pasa con mi truco de cartas?

Al fondo del aula una chica gritó:

—¿Quién ha dicho que queramos cantar *El tamborilero*? ¡Es un villancico de lo más idiota!

—Sí —convino Kyle—. *El tontorrilero*.

Colleen levantó la mano y Hart señaló en su dirección, esperando recibir un poco de apoyo de su fiel teniente de navío. Pero el crucero de placer había terminado.

Colleen levantó el programa y dijo:

—Oye, Hart, esto parece un concierto de los de toda la vida. ¿Salimos al escenario, cantamos seis canciones, nos damos la vuelta y nos largamos? No le veo nada de especial; y de eso se trataba, de hacer algo especial. No creo...

Hart meneó la cabeza.

—Espera, espera. Deja que me explique. A ver, no nos limitaremos a salir al escenario, porque este programa, tal como está, es sólo una lista de las canciones, y hay montones de cosas más. Como que, al principio, cuando cantemos *El tamborilero*, habrá tres chicos tocando el tambor: Kenny, Tom y yo marcaremos el ritmo mientras todo el mundo marcha por el escenario cantando. Eso es diferente. Y quizá unos cuantos podrían llevar una pancarta que ponga "Bienvenidos a Esperanza Invernal". Y *Jingle Bells* lo cantaríamos con el público, como en un karaoke, con la letra en una pantalla, para que lo canten todos. A todo el mundo le gusta ese villancico. Eso también es diferente. Y durante la canción de Hanukkah, Jenna y Max podrían dar botes por todas partes, incluso por donde el público, con los trajes esos de goma; será muy divertido. Y cuando cantemos *La primera Navidad*, Shannon y Olivia pueden bailar algo de ballet por delante, ¿eso quedará bien, no? Así que creo que no se trata de un concierto como los de siempre. ¡Hay un montón de cosas distintas!

Después de las cavilaciones de la noche anterior, el capitán Hart había decidido que el programa estaba la mar de bien. La tripulación no pensaba igual. Todos saltaron al unísono:

—¡Son las canciones *peores*!

—¡Sí, y todo lo demás es muy *pobre*!

—¡Yo opino que el programa *apesta*!

—¡Y yo! Es tan… como… ¡como *aburrido*!

—¡Eso, *aburrido*!

Carl Preston se levantó y dijo:

—¿Pero cómo es que no puedo hacer mi truco de cartas? ¡Es muy bueno!

Olivia Lambert dijo:

—¡Y yo no pienso bailar ningún ballet a menos que pueda hacerlo con mi propia música y yendo de mazapán!

Shannon Roda asintió y dijo:

—¡Lo mismo digo!

Hart estaba abatido, pero también furioso. Gritó:

—¡Silencio! ¡A callarse todos! —la clase se calló—. No va a haber trucos de cartas ni números de ballet ni ejercicios gimnásticos. No es un espectáculo de variedades, ¿vale? Se trata de un concierto de Navidad, y nosotros somos el coro. Ésa es la idea. Podemos hacer cosas distintas pero tenemos que cantar, porque… porque somos el coro.

Tim Miller se puso en pie de un salto.

—Pero, ¿yo puedo ir de Elvis, no? Disfrazado de Papá Noel, ¿no?

Hart asintió.

—Sí, pero lo que no puedes es pegar saltos por el escenario continuamente. Puedes ponerte delante y sincronizar el movimiento de tus labios cuando cantemos *Blue Christmas*, ¿vale?

Tim pareció conmocionado.

—No, ¡así no era! Yo iba a estar por todas partes todo el rato, ya sabes, como un payaso en el circo. ¡La gente iba a reírse *mucho* conmigo! ¡Iba a ser muy, muy divertido!

Y agarrando su guitarra de aire, Tim se giró en dirección a Melanie Enson, acercó la mejilla a la cara de la chica y, con su mejor acento de Tennessee, dijo:

—¿Te gustarí-a darl-e a Ervis un bezzo bieeen grande?

Eso hizo reír a unos cuantos, pero la mayor parte seguía enfurruñada con el programa y, después de un par de quejas más a voces, Hart se hartó.

—¡Eh! —dijo—. El director soy yo y, por ahora, el concierto es éste. Así que manos a la obra. ¡Sólo tenemos once días, sólo *once*! Y hay que prepararlo. Y tenemos que ensayar las canciones. Y todo lo demás también. Pues… pues vamos a ello. ¡*Tenemos* que prepararlo!

Ed Farley, el rey de los papanatas, gritó:

—¿Y por qué?

Y tres o cuatro chicos más graitaron:

—¡Eso, ¿por qué?!

Hart Evans se alzó cuan alto era y miró fijamente a Ed, con una furia helada relampagueando en los ojos. Entonces Hart gritó algo que nunca había dicho, algo que nunca habría imaginado que pudiera decir, ni en un millón de años.

—¿Que por qué? —bramó—. ¡*Porque* lo digo yo! ¡Por eso! ¡Y ahora a trabajar! Chicos, en este lado del aula. Chicas, en el otro. Ross, reparte las hojas con la letra de *El tamborilero*. ¡AHORA MISMO!

Y le obedecieron.

Cuando todo el mundo ocupó su lugar, Hart se volvió y dijo:

—Señor Meinert, necesito que toque el piano.

En los siguientes treinta y cinco minutos Hart estuvo al frente de la clase señalando sucesivamente a chicos y a chicas mientras el coro ensayaba el villancico. Y puso a Kenny a tocar el tambor. No sonaba mal, pero tampoco bien.

La hora acabó y empezaron a guardar sus cosas. No hubo risas ni charlas mientras el aula se vaciaba. Nadie miró a Hart, nadie se le acercó.

Al salir de la clase, Hart se encontró justo detrás de Shannon Roda. Lo más animadamente que pudo, dijo:

—Eh, Shannon, ¿no ha estado mal, no crees?

Ella se detuvo en el umbral y dio media vuelta para mirarle. Lo mismo hizo Olivia.

Shannon contestó:

—¿Me hablas a mí? Porque yo *no quiero* hablar contigo. Eres como el señor Meinert. En bajito. Y más malo. ¿Sabes lo que eres? —Shannon entrecerró sus ojos verdes y añadió entre dientes—: ¡Eres un *profesor*!

CON EL AGUA AL CUELLO

—Otro día precioso: frío pero con un sol radiante. Un magnífico día de diciembre, ¿no crees?

Hart asintió y trató de sonreír un poquito, trató de comportarse como si le importara el tiempo. Pero no le importaba. Sólo eran las ocho menos diez del jueves por la mañana, y Hart ya estaba pensando en el coro, en el concierto, en el tremendo embrollo que era aquello. No podía pensar más que en eso, todo el día y todos los días, toda la noche y todas las noches.

Mirando fijamente al plato blanco y azul, mordió otro trocito de tostada.

La madre de Hart hizo señas a su marido y, cuando él la miró, cabeceó en dirección a su hijo, arqueando las cejas. La mirada de su mamá decía:

—Venga, sigue hablando. ¿No ves que necesita ayuda?

Porque toda la familia tenía claro que Hart estaba con el agua al cuello.

Incluso Sara se daba cuenta de que algo pasaba. Dos días atrás Hart había entrado en su habitación al llegar del colegio y la había pillado allí, sentada en su mesa de trabajo, con el pequeño taladro eléctrico de Hart en la mano derecha.

—*¡Eh!* ¿Se puede saber qué haces aquí?

Eso habría sido lo habitual: Hart gritándole.

Sara tragó saliva y levantó la mano izquierda.

—Yo… quería hacer un agujero en esta concha que traje de Florida. Quiero ponerle una cadena para hacerme un colgante.

Fue lo que pasó a continuación lo que la puso sobre aviso. Porque en vez de gritar algo más y agarrarla del brazo y sacarla a rastras de la habitación, Hart había dicho:

—Vale, pero ten cuidado. Esa cosa lleva una broca de diamante y te puedes taladrar un dedo.

Entonces Hart se dejó caer sobre la cama, sacó un cuaderno y un lápiz de su mochila y se puso a escribir.

Ésa fue la prueba definitiva para Sara: en Hartilandia estaba pasando algo muy raro.

Su madre lo había empezado a notar justo después del Día de Acción de Gracias. Al principio fueron cosas sin importancia, como olvidar apuntarse después de clase a la liga de invierno de fútbol, pasar más tiempo al teléfono, recibir dos o tres llamadas por la noche de chicos de los que nunca había oído hablar… y de chicas. ¿Y por qué le daba por cantar *El tamborilero* en la ducha todas las mañanas? Y, lo que era aún más desconcertante: después de lo pesado que se había puesto con los juegos de ordenador que quería por Navidad, tuvo que pedirle tres veces que escribiera la lista de regalos.

El padre de Hart bebió un trago de naranjada y dijo:

—Bueno Hart, ¿qué te parece si hoy te llevo al colegio en coche? Podemos salir temprano e ir por el camino largo, y hasta dar una vuelta por el paseo si no hay atascos. ¿Te gustaría?

Eso despertó el interés de Hart. El pequeño deportivo no se podía ignorar, pasara lo que pasara.

—Sí, sería estupendo.

—¿En cinco minutos?

Hart asintió.

—Estaré listo.

Y lo estuvo; dos minutos antes tenía la mochila guardada en el maletero y el cinturón de seguridad bien apretado sobre el pecho.

Su padre salió del camino de acceso, puso el coche en primera y dijo:

—Agárrate fuerte.

Pisó el acelerador y –fíu– el coche se puso a setenta kilómetros por hora en menos de dos segundos, aplastando a Hart contra el asiento de cuero marrón claro.

Le dedicó una sonrisa a su papá y dijo:

—¡Divino!

El motor del coche ronroneaba a tope y a Hart le encantó la manera que tuvo de aferrarse al suelo cuando giraron a todo meter la esquina con Oak Road. Su padre dejó el coche a la máxima velocidad permitida, recorriendo así unos quince kilómetros de carreteras secundarias. Tuvo que frenar cuando llegaron a la congestionada autopista que conducía a la otra carretera.

Su padre apretó un botón y la pantallita central del salpicadero se iluminó. Con otro toque, apareció un mapa: una red de calles y autopistas poblada de parpadeantes octágonos rojos.

—Ésta es la pantalla de avisos de tráfico del GPS. ¿Ves esos pequeños signos de stop? —preguntó.

Hart asintió.

—Son atascos. Es mejor que no vayamos por este camino. Voy a girar en la rotonda y a volver por donde hemos venido.

Mientras se dirigían al abarrotado cruce, Hart no dejaba de estirar el cuello para observar a los conductores de los otros coches, y a los pasajeros, de paso. No quería perderse las caras de asombro que pondrían al ver el fantástico coche de su papá. Y vaya si las ponían.

Hart sonrió.

—¿No te encanta cómo te mira todo el mundo cuando vas en este coche? Es que es como si no lo pudieran evitar.

Su padre soltó una carcajada.

—Pues mira, casi no lo compro por eso.

Hart se volvió y le miró atentamente.

—¡Anda ya!

—Lo digo en serio. No me importa nada lo que la gente piense de mí, ni de este coche, ni de mí conduciendo este coche. No lo compré por eso.

Cuando se detuvieron en un semáforo en rojo, Hart dedicó una inclinación de cabeza a un muchacho que conducía una furgoneta. Llevaba a dos amigos apretujados en la cabina.

—¿Ves a ese chico de la furgoneta, el de la gorra de los Yankees? Lleva mirándonos dos minutos seguidos, y no hace más que hablar con sus colegas de este coche, como si estuviera deseando darse una vuelta en él. ¿Y eso no te parece genial?

Su padre sonrió y se encogió de hombros.

—No, porque no me importa nada; no *pretendo* darle envidia a la gente. Lo que me gusta es conducir un vehículo bien hecho. Conducir este coche... es como conducir un reloj suizo: todo funciona a las mil maravillas, todo hace exactamente lo que debe hacer sin desperdicio de energía, ni de movimientos, y todo ese poder se controla a la perfección. Es una gran máquina. Y eso es lo único que me importa. De verdad.

Hart estuvo callado mientras volvían por las carreteras secundarias para dirigirse al colegio.

Algo más tarde su padre dijo:

—Desde la semana pasada o así, parece que estás un poco raro, Hart. ¿Te pasa algo?

Hart meneó la cabeza.

—Qué va, cosas del colegio. Unos chicos que están enfadados conmigo.

—¿Enfadados? ¿Contigo? ¿Por qué?

—Por una tontería. Del coro. Hay un concierto, y yo estoy más o menos a cargo, y nada me sale bien. Todo el mundo quiere hacer las cosas a su manera.

—¿Cómo que estás a cargo? ¿Y el profesor qué? El señor... como-se-llame.

—Meinert. El señor Meinert. Él está presente, pero se supone que lo organizo yo.

—Ah, tú eres el jefe.

Hart resopló.

—Ja, sí, claro que lo soy, sólo que nadie me hace caso.

Hubo silencio durante unos dos kilómetros. Después el padre de Hart dijo:

—Yo tengo un poco de experiencia en eso de ser jefe, ¿sabes? No es fácil, porque no puedes limitarte a dar órdenes. Yo he pasado mucho tiempo escuchando. La gente no hace las cosas (quiero decir que no las hace *bien*) si no quiere hacerlas.

Hart miró por la ventanilla, contemplando el paso de los árboles desnudos, un borrón marrón y gris.

Cuando el coche entró en la rotonda del colegio, su padre dijo:

—Todo saldrá bien, Hart. Eres un buen jefe, un buen líder. Los chicos te apoyarán, siempre lo hacen. Trata de escuchar un poco más. Eso siempre ayuda.

Estaba a punto de replicar a su padre pero, cuando pararon frente a la puerta principal, a Hart se le vino todo a la cabeza. Se irguió al tiempo que recordaba. ¡Conocía ese momento! Lo había imaginado un montón de veces. Era el momento de su gran escena, el momento de bajar del coche supergenial, justo como lo había imaginado.

Cuando su padre apretó la palanca para abrir el maletero, Hart echó un vistazo a su público.

Los autobuses no habían llegado, así que la entrada del colegio estaba casi desierta. Vaya chasco. Pero a unos cinco metros había cuatro chicas esperando en la parada de autobús número dos. No era exactamente la multitud de admiradores que esperaba, pero el flamante coche les había llamado la atención, sin duda. Así que Hart trató de aprovecharlo al máximo.

Sabía que las cuatro cabezas giraron cuando él salió con elegancia del coche, se dirigió al maletero y sacó su mochila.

Volvió a la puerta abierta, se inclinó y le sonrió a su padre.

—Gracias por el paseo. Y por lo que me has dicho.

Su padre le devolvió la sonrisa.

—Pasa un día estupendo, ¿vale? Hasta la noche.

Hart cerró la puerta y, tal y como había imaginado, el pequeño bólido ronroneó en la curva, parpadeó, giró a la izquierda y salió como una centella por la carretera 12.

Y ahora ya podía volverse a contemplar la sonrisa de las chicas, o quizá unas cabezadas o un saludo con la mano, o quizá se le acercaran corriendo y le preguntaran: "¿Ese coche es de tu padre? ¡Es genial!".

Hart se volvió, sonriendo de oreja a oreja.

Las chicas seguían allí. Le miraron un momento y después, con perfecta sincronización, le dieron la espalda y se marcharon.

Y antes de verlas alejarse, Hart supo el porqué.

Todas formaban parte del coro de sexto.

RESCATE

El jueves por la tarde, Carl Preston se encontró con Hart en la puerta del aula del coro. Llevaba una copia del programa del concierto en una mano y una baraja en la otra. Agitó el papel y dijo:

—Esto está mal, Hart, ¿no lo ves? Y Ross no dijo esto. Ross dijo que yo iba a estar en el concierto. Dijo que tendría siete minutos, y mira… ¡no estoy ni en el programa! Es un truco de cartas *grandioso*, deberías verlo, Hart. ¡Venga, deja que te lo enseñe!

Hart meneó la cabeza.

—Siete minutos son demasiados. Es como la quinta parte del tiempo que tenemos, Carl. Además, no sé por qué tuvo que decirte Ross algo así. ¿Y te dijo que te pusieras tu traje de mago? Es que no pega… ¿no te das cuenta? Se supone que es un *concierto*. Escucha, ya hablaremos después, ¿vale?

Cuando echó a andar, Carl se apresuró a cortarle el paso.

—Pero Hart, deberías verlo… es un truco grandioso, y me lo enseñó mi abuelo, y va a venir al concierto. ¡Le encantaría verlo! Podría vestirme como uno de los Reyes Magos. ¿Eran magos, no?

Hart se escabulló y se acercó a la pizarra. Borró el número *once* y lo reemplazó por un *diez* de unos quince centímetros de altura.

Diez. Ésas eran las horas de clase que les quedaban hasta el concierto. Hart se dio la vuelta y vio a los miembros del coro entrar atropelladamente en el aula.

Se volvió y miró otra vez la pizarra. Seguía siendo un diez. Un uno y un cero.

Hart suponía lo que se avecinaba. Lo veía con toda claridad. Diez horas más de clase, sólo diez, y después… el completo desastre.

A Hart Evans lo habían ignorado durante todo el día. Era una experiencia totalmente nueva para él, y no le gustó nada.

Después de la escena de por la mañana con las cuatro chicas, se había topado con un montón de sus colegas por el colegio. En cuanto le veían acercarse, dejaban de hablar y se alejaban.

Cuando había recorrido los pasillos entre clase y clase, nadie le había sonreído ni le había saludado.

Cuando se sentó a su mesa habitual para comer, la encontró vacía, y vacía se quedó hasta que Alex se sentó frente a él.

Alex miró a su alrededor y dijo:

—¿Dónde se ha metido todo el mundo?

Hart esbozó una sonrisa cansada.

—¿No te has enterado? ¿De lo mío con el coro? Ahora soy un proscrito.

Alex estaba en la orquesta.

—Ah, eso. Sí, lo he oído —se encogió de hombros—. ¿Y qué te importa lo que piense una panda de tarados? Alguien tenía que organizar las cosas. Y si hay tontos de por medio (y *siempre* hay tontos de por medio) alguien tiene que decirles que cierren la boca y se pongan a trabajar.

Hart sonrió, y gracias a Alex se sintió un poco mejor, pero siguió teniendo bastantes problemas para tragar su sándwich de queso.

Antes de salir de la cafetería saludó de lejos a Zack. Zack le dio la espalda y se alejó. Hart salió corriendo para pillarle en el gimnasio. Allí le enganchó por la mochila y le obligó a girarse.

—¡Eh, tú! ¿Te saludo y te largas? ¿Pero de qué vas?

—¿Que de qué voy yo? ¿Eres tonto o qué? ¿Es que no sabes lo que le gritaste ayer en el coro a Ed? ¡Pues lo sabe todo el colegio! Le dijiste que tenía que cantar no sé qué canción idiota, y él dijo que por qué, y tú dijiste "¡Porque lo digo yo!". Lo *dijiste*. Se lo dijiste a otro chico. Es lo *peor de lo peor*, vamos. Los chicos no dicen eso. Eso no lo dicen más que los padres y los profesores. Hasta nunca.

Y Zack se esfumó.

Muchos niños pasan por el colegio sin llegar a ser populares, más que nada porque nadie los conoce. Pasan desapercibidos, sin comentarios. Hart ya no era un simple desconocido. Era conocido, y no le podían ver. En menos de veinticuatro horas, el chico más popular del Centro Palmer de enseñanza media se había convertido en el menos popular.

Y por esa razón, veinte minutos más tarde, cuando estaba en la parte delantera del aula con ese gran número diez a su espalda, Hart Evans se sintió más solo que nunca.

La campana sonó y, mientras el eco se desvanecía, el señor Meinert entró en clase con una gran sonrisa en la cara. Desde la puerta le gritó a Hart:

—¡Eh, Hart, todo bien! —y agitó en su dirección una mano con el pulgar hacia arriba.

Hart no tenía ni idea de a qué se refería el señor Meinert. De todas formas, sonrió y asintió. El señor Meinert se abrió paso entre el revoltijo de pupitres plegados y, mirando a toda la clase, dijo:

—He estado viendo si era factible una idea de Hart, y parece que lo es. El coro puede utilizar el gimnasio antiguo: el señor Richards dice que hará lo que esté a su alcance para ayudarnos. De ese modo el coro podrá hacer su espectáculo por separado. Hay un pequeño escenario en un extremo por si se quiere usar, y habrá sitio de sobra para todo; los conserjes dicen que colocarán las sillas plegables donde se les diga. Además, están los bancos de los laterales. Incluso podremos ensayar allí tres o cuatro días antes del concierto. Entonces, en la noche del concierto, cuando la banda y la orquesta hayan acabado de tocar en el auditorio, todos vendrán al gimnasio antiguo para ver el espectáculo. Así que ya está todo arreglado. ¡Es una idea estupenda!

Mirando a Hart, Colleen dijo:

—¿Entonces podemos entrar y poner nuestros adornos, y nadie los verá hasta el día del concierto?

Dejándose llevar por la corriente, Hart asintió.

Colleen dijo:

—¡Qué *maravilla*!

Olivia se puso en pie de un salto.

—¿Y entonces tendremos sitio para nuestro ballet?

Hart tragó saliva.

—Mmm… En realidad no lo sé… todavía —lo cual era cierto.

El cerebro de Hart iba a cien por hora, intentando comprender lo que había dicho el señor Meinert, intentando hacerse a la idea de cómo iba a funcionar un concierto en el gimnasio viejo, intentando imaginar lo que haría y diría a continuación.

Pero pensar de pie era una de las habilidades de Hart, así que tragó de nuevo y empezó a hablar, dando a su cerebro una oportunidad de alcanzar a sus palabras:

—Bueno… mmm… anteayer, empecé a pensar… y lo que pensé… fue… bueno…

Y entonces, como un súbito soplo de viento en la mar en calma, a Hart se le ocurrió una idea:

—… Pensé que… que deberíamos volver a empezar… como por el principio. Porque al principio hubo una elección. Y todo el mundo me eligió a mí para que fuera el director, lo que fue bastante descabellado. Pero resolvió el problema… más o menos. Excepto porque ahora todo el mundo tiene un montón de ideas sobre cómo debería ser el concierto… y hay un problema nuevo… qué ideas elegir. Y para mí es demasiado; demasiada tensión.

Entonces tuvo una ocurrencia genial. Hart miró hacia el fondo del aula y asintió hacia Ed Farley.

—Y siento haber estado tan idiota ayer.

Hart hizo una pequeña pausa para que Ed tuviera tiempo de responderle con una sonrisa y un encogimiento de hombros, y después prosiguió:

—Pienso que debemos votar… las canciones que cantemos… cómo debe ser el concierto en general y los chicos que harán cada cosa. Lo votaremos todo, pero antes tenemos que estar de acuerdo en que, ganen las canciones y las ideas que ganen, todo el mundo se conformará y apoyará a los ganadores. ¿Vale? ¿Hay alguien que quiera decir algo más?

Los alumnos empezaron a asimilar la idea, y la clase se llenó de murmullos: unos negativos, otros positivos. Hasta los papanatas del fondo prestaban atención.

Ross levantó la mano.

—Creo que sé cómo va lo de los votos. Sería como en las elecciones del Consejo de Alumnos. Primero se hacen las propuestas (de las canciones y actuaciones del concierto), después las papeletas con las canciones y lo demás que se haya propuesto. Cuando estén las papeletas podremos defender lo que más nos guste: eso es la campaña. Y después se vota, pero sólo seis cosas. Y luego ganan las seis cosas que obtengan más votos, porque el concierto no puede durar más de treinta y cinco minutos.

Hart esperó por si alguien más quería intervenir. Cuando vio que no era así, dijo:

—A mí me parece bien —y señaló sobre su hombro al gran número que había escrito en la pizarra—. Pero sólo nos quedan diez días, así que tenemos que hacerlo pronto; como hoy mismo. ¿Estamos de acuerdo sobre lo que ha dicho Ross? Los que estén de acuerdo que levanten las manos.

Se levantaron casi todas.

Hart dijo:

—Vale. Pues vamos a empezar.

El resto de la clase fue propiedad del buen hacer democrático. Las propuestas se formularon rápidamente y se propuso de todo: canciones, actuaciones, números en solitario… y mientras, el señor Meinert, sentado a su mesa de ordenador, lo tecleaba todo para hacer la papeleta. Unos veinte minutos después, la clase acordó que había bastantes propuestas y el señor Meinert imprimió una papeleta para cada alumno.

Entonces se inició el periodo de campaña electoral.

Allie Marston se levantó y dijo:

—Tenemos que cantar *Noche de paz*. Creo que es el mejor villancico que hay, porque… trata de verdad de la Navidad.

James Archer dijo:

—Sí, pero ¿qué pasa cuando dice eso de "ha nacido el Redentor" y demás?, a lo mejor los niños de otras religiones no quieren cantarlo.

Jenna dijo:

—Yo soy judía y no me importa. Creo que a mis padres sí, pero a mí no. No es más que una canción. No vamos a cambiar la religión de nadie. Si a alguien le sienta mal, podemos decir que es educativo conocer todas las religiones. Y podemos incluir algo del Islam. Y del Kwanzaa. Pero lo que yo quería decir es que espero que cantemos alguna canción de las peonzas; sobre todo porque son rápidas y divertidas.

Carl apostó por su truco de cartas, Shannon y Olivia alabaron su número de ballet, y Heather y Jeanie afirmaron que seguían queriendo cantar un villancico coreano.

Ann dijo:

—¿Y lo del karaoke? ¿Lo de que la gente cante con el coro? A mí me sigue gustando la idea.

Casi todos hicieron pequeñas intervenciones sobre sus canciones favoritas y, hacia el final, Hart dijo:

—Y yo sigo pensando que deberíamos cantar *El tamborilero*, porque lo de los tambores puede quedar muy bien.

Cuando faltaban unos cinco minutos para acabar la clase, Hart anunció:

—Vale. Es hora de votar. Que cada uno elija las seis cosas que más le gusten. Yo haré el recuento después de clase y el señor Meinert lo supervisará; mañana veremos los resultados y empezaremos a ensayar. Que todo el mundo rellene las papeletas.

La clase quedó en silencio, excepto por el crujido de papeles y el roce de lápices y bolígrafos.

Tim Miller dijo en voz alta:

—Si me lío y quiero cambiar algo, ¿puedo tacharlo y ya está? Es que estoy usando bolígrafo.

Hart asintió y la votación continuó.

Cuando sonó la campana, Hart se acercó corriendo al umbral y dijo:

—El que acabe que me dé la papeleta y salga.

Tim Miller gritó:

—¡Yo primero! —y se precipitó a entregarla. Había doblado el papel hasta convertirlo en un cuadrado diminuto, y en uno de los lados, con rotulador rojo, había escrito ALTO SECRETO.

Hart dijo en alto:

—Y por favor, que la papeleta no esté doblada más de una vez.

Al acercarse a la puerta, Ross dijo:

—Muy buena idea, Hart.

Hart contestó:

—Gracias. Lo mismo digo de la tuya.

Ed Farley le entregó la papeleta y susurró:

—Si sale *El tamborilero*, ¿podría tocar yo también? He ido a un par de clases.

—Claro —asintió Hart—. ¿Por qué no?

Y cuando salió un grupo de chicas, Hart hasta se agenció una sonrisita de Shannon Roda.

Cuando la clase quedó vacía, Hart llevó el montón de papeletas a la parte delantera del aula.

—Señor Meinert, ¿dónde dejo esto?

—Aquí mismo. Las voy a meter en un sobre grande.

Hart le entregó las papeletas. Y después preguntó:

—Al principio de clase… ¿a qué se debió que dijera que lo de hacer el concierto en el gimnasio era idea mía?

El señor Meinert sonrió y preguntó a su vez:

—¿A qué se debió que no me interrumpieras y le dijeras a todo el mundo que tú no tenías nada que ver?

Hart hizo una mueca.

—A que estaba hecho polvo, a eso se debió. Necesitaba toda la ayuda del mundo.

Sin dejar de sonreír, el señor Meinert asintió.

—Tú lo has dicho.

—El caso es que ha salido estupendamente —dijo Hart—. Así que gracias. Muchísimas gracias.

—De nada.

El señor Meinert guardó silencio un momento y después añadió:

—Y la próxima vez que necesites ayuda, acuérdate de pedirla. Te dije que podías contar conmigo, y lo dije de verdad.

Hart asintió.

—Vale. Lo recordaré.

Agarró su mochila y se dirigió a la puerta.

Entonces se detuvo y preguntó:

—¿Cómo se le ocurrió la idea… lo de hacerlo en el gimnasio antiguo?

La mueca la hizo entonces el señor Meinert.

—Pues verás, es muy simple. En estas dos últimas semanas he aprendido una barbaridad. Así que me pregunté: "¿Si yo estuviera tan chiflado como Hart Evans, ¿qué haría a continuación?".

Hart se rió.

—Muy bien, entonces nos vemos cuando acabe el colegio… para el recuento —y salió corriendo hacia su siguiente clase.

El señor Meinert se sentó ante su escritorio y abrió el cajón. De una carpeta con el rótulo SOBRES GRANDES sacó uno y empezó a meter en él las papeletas, meneando lentamente la cabeza, con la sonrisa en la cara.

Pocas semanas atrás había esperado que Hart Evans se diera el batacazo en su presencia. Había deseado que el chico le devolviera el concierto, se sentara y cerrara la boca. Ese día, mientras hablaba sucesivamente con el director, los profesores de gimnasia y los conserjes, el señor Meinert se había dado cuenta de lo importante que había llegado a ser ese concierto para el propio señor Meinert; quería que fuera un éxito.

Y no era por él mismo, el profesor se daba cuenta de eso. Dentro de dos semanas, era muy probable que ese colegio dejara de ser el suyo. Pero durante esas dos semanas, los alumnos (Hart Evans incluido) seguirían siendo *sus* alumnos.

Y ese concierto seguiría siendo el concierto de *todos*.

ECHANDO CUENTAS

El viernes 10 de diciembre (número nueve de la cuenta atrás) Hart comunicó los resultados de la elección al resto de los votantes.

Las treinta y seis canciones y actividades propuestas se habían enfrentado al voto popular. La democracia en sí había funcionado perfectamente, o sea que la democracia no tuvo la culpa.

La culpa fue de las matemáticas.

Setenta y cuatro alumnos a seis votos por alumno dieron un total de 444 votos. Si las treinta y seis nominaciones de cada papeleta hubieran sido igual de populares, habrían obtenido el mismo número de votos, algo más de 12. Pero, por supuesto, no fue así.

Las tres grandes vencedoras (*Frosty, el muñeco de nieve*, *Decoremos los salones*, *Oh, pueblecito de Belén*) habían acaparado entre las tres 181 votos.

Las tres siguientes (*Jingle Bells*, *Tengo una peoncita*, *We Wish You a Merry Christmas*) habían sido también bastante votadas, reuniendo un total de 96 votos. Ya que los seis villancicos preferidos sumaban 277 votos, las treinta propuestas restantes se repartieron los votos que quedaban: 167.

Si cada una de las propuestas restantes hubiera sido igual de popular, habría obtenido de 5 a 6 votos; y aquí viene la parte conflictiva: la mayoría los obtuvieron. Y cómo la mayoría los obtuvieron, las dos siguientes más votadas sacaron muy pocos votos: 11 y 9. Y esas dos últimas ganadoras fueron: el ballet de *Cascanueces* y el truco de cartas de Carl Preston.

No había discusión posible. La democracia había seguido su curso y los números no mentían. Pero los números no tenían en cuenta los sentimientos.

Carl Preston, Shannon y Olivia, y los amigos que habían votado por ellos eran felices, es decir, unos cincuenta niños estaban contentísimos con los resultados.

El resto no estaba seguro de cómo se sentía.

Exceptuando a Tom Denby. Él sí estaba seguro. Se levantó y dijo:

—Propongo que hagamos otra votación. ¿A quién le interesa un truco de cartas astroso? Como Hart dijo ayer, no se trata de un espectáculo de variedades. Y es la verdad. ¿Y esa chorrada de baile? Vaya rollazo, me da ganas de vomitar. ¡Vamos a votar otra vez!

Shannon se giró como un rayo en su pupitre.

—¡A los únicos que no les gusta el ballet es a los *idiotas*! ¿Por qué no votamos eso? A ver, todo el que piense que Tommy es un idiota que levante la mano y diga ¡Idiota!

Una docena de chicas agitaron los brazos y gritaron:

—¡*Idiota!*

La clase estalló como un fuego rociado con gasolina.

Las chicas salmodiaron:

—¡Idiota! ¡Idiota! ¡Idiotaaa!

—¡Puajj! ¡Éstas sí que son idiotas!

—¡Idiota! ¡Idiota! ¡Idiotaaa!

Casi a gritos, Allison intervino:

—¿De verdad queremos tener un truco de cartas? ¿En el concierto? ¿Un *truco de cartas*?

—Estoy de acuerdo —convino Ed—. ¡Los trucos de cartas son de fracasados!

—¿Quién lo dice? —retó Carl.

—¡Yo lo digo!

—¿Ah, sí?

—¡Sí!

—¡Cierra la boca!

—¡Oblígame!

—¡Que cierres la boca!

—¡Ciérrala tú!

—¡Idiota! ¡Idiota! ¡Idiotaaa!

—¡Silencio!

Por encima de las crepitantes llamaradas, Tim Miller trataba de llamar la atención de Hart.

—¡Hart! ¿Elvis sigue estando en el concierto, no? ¡Eh, Hart! ¡Hart! ¿Y Elvis? ¿Hart? ¡Hart!

Hart estaba paralizado. La elección había sido totalmente limpia. Y ahora esto. Dijera lo que dijera, se iban a poner más frenéticos. La barahúnda del aula no le dejaba pensar.

Le echó un vistazo al señor Meinert y… no se lo podía creer. El tipo estaba sentado a su escritorio, contemplando con parsimonia el progresivo enloquecimiento de su clase. Era como si no tuviera la menor preocupación en el mundo; Hart le notó hasta una sonrisilla.

El señor Meinert se volvió y captó la mirada de Hart. El profesor sonrió y se encogió de hombros.

Hart no le veía la gracia por ninguna parte. El señor Meinert lo advirtió y ajustó la expresión de su cara.

Hart siguió mirándole y, entonces, arqueó las cejas y movió los labios, dando forma a una palabra muda.

Y el señor Meinert entendió el mensaje.

La palabra era: *¡Socorro!*

SÓLO UNA IDEA

El señor Meinert se puso en pie y se colocó delante de Hart, casi estampándose contra los niños sentados en primera fila. Levantó una mano por encima de la cabeza y esperó.

Que el señor Meinert hiciera algo en aquellos días era de lo más inusual, así que todo el mundo lo notó enseguida. En menos de quince segundos el griterío se detuvo y los alumnos se sentaron en sus pupitres.

Bajando la mano, el señor Meinert dijo:

—Gracias. Sólo quiero hacer una pregunta. ¿De dónde salió el nombre de "Esperanza Invernal"?

Colleen levantó la mano. El señor Meinert la señaló y dijo:

—Sí, se le ocurrió a Allison porque, cada vez que el *Circo del Sol* hace una nueva representación, le pone un nombre especial. Así que Allison hizo lo mismo. Y como a todos nos gustó, decidimos llamar al concierto Esperanza Invernal. Pero, ¿qué significa? Esperanza Invernal: ¿esperanza de qué?

Allison volvió a levantar la mano:

—Esperanza de paz —dijo—. Yo pensé en eso. Un concierto de Navidad tiene que tratar de la esperanza de paz. Y la Navidad cae siempre en invierno. De ahí lo de Esperanza Invernal.

El señor Meinert escribió P-A-Z en la pizarra con letras grandes. Después se retiró y las señaló.

—¿Qué es esto? Es un tema, una gran idea. Si hay un tema se puede desarrollar un programa basándose en él. En estas dos semanas han surgido ideas muy buenas. ¿Y lo de votarlas? Excelente. Pero si el objetivo es que el programa tenga cohesión, habría que pensar en la idea de Allison sobre la paz. Eso ayudaría. ¿Algo más al respecto?

Carl levantó la mano y dijo:

—O sea, que lo que usted dice es que no puedo hacer mi truco de cartas, ¿no?

El señor Meinert meneó la cabeza.

—No me refería a eso en absoluto. Y no se trata de mi concierto. No depende de mí. Me he limitado a preguntar si la idea de Allison podría ser un tema. Todas las ideas aportadas han sido muy creativas. Me gustaría que todas estuvieran en el concierto, pero eso es imposible. Sin embargo, con un tema como la paz, un concierto podría contar una historia. Sobre la búsqueda de la paz, quizá. O sobre la necesidad de la paz. Sobre la clase de cosas que podrían hacer las personas si no se dedicaran a luchar y a matarse entre ellas. Cosas como bailar ballet o hacer trucos de magia. Y quizá un concierto basado en un tema podría englobar más de estas ideas; eso es lo único que digo.

Menos de un mes atrás, antes de "El coro según Hart", el señor Meinert hubiera seguido. Hubiera empezado a ladrar órdenes, a dar instrucciones, a organizarlo todo y a sacar un plan adelante. Pero ahora no. Paseó la vista por las caras de la silenciosa clase y dijo:

—Es sólo una idea.

Después volvió a su escritorio y se sentó.

Era exactamente la ayuda que necesitaba, en cantidad y calidad.

Hart lo pilló.

Paz. El tema era como una lupa, y Hart empezó a diferenciar las ideas. Antes de que el barullo cayera de nuevo sobre la clase, dijo:

—La idea de Allison es estupenda, ¿verdad? Digo, ¿no? ¡Podemos hacer un montón de cosas con ella!

No era el único que lo había entendido. Las cabezas subían y bajaban por toda el aula. Carolyn levantó la mano y dijo:

—No estaría mal tener un narrador. Alguien que cuente una historia, como ha dicho el señor Meinert. A veces leemos obras así en el grupo de teatro.

Ross dijo:

—Tendremos que escribir algo, y alguien tendrá que leerlo… la narración, digo.

—Eso es —convino Hart—, pero tiene que ser corto. A pesar de eso nos llevará trabajo. Pero sigo pensando que es una buena idea, ¿verdad? ¿Hay alguien aquí que no esté a favor de la paz?

Olivia levantó la mano. Hart sabía lo que se avecinaba, así que se preparó.

—Y —dijo ella—, ¿qué pasa con la elección de ayer? ¿Fue de broma o qué?

Hart meneó la cabeza.

—No. La elección fue limpia y justa. Así que todo lo elegido formará parte del concierto… a menos que *todos* decidamos otra cosa. Tenemos que discurrir la manera de compaginarlo todo. Y… y utilizar la idea de la paz para unirlo. Y sin pelearnos.

El señor Meinert sintió que el ánimo de la clase empezaba a cambiar. Era como un deshielo invernal, un frente cálido que iba afectando a todo el grupo, uno por uno.

Hart también lo sintió, y siguió hablando:

—Sé que podemos hacerlo. Y lo de la paz es una gran idea. Es algo que importa de verdad. Tenemos que pensar y trabajar juntos hasta que se nos ocurra algo. Para el concierto. Podemos hacerlo. En serio.

Todos estuvieron de acuerdo. No sólo porque creyeran a Hart, sino porque confiaban en él. Y también confiaban en sí mismos.

LA HORA DE LA VERDAD

La Tierra continuó girando y, cada vez que lo hacía, el 22 de diciembre se acercaba un día más. Hart le echaba un ojo al calendario y otro a los frenéticos preparativos.

Nadie que hubiera observado al coro durante esos once últimos días habría supuesto, ni remotamente, el tema del concierto. Ni en las horas de clase, ni en los periodos que antes y después del colegio se dedicaban a los decorados, ni en las largas sesiones de los fines de semana para ensayar canciones y preparar el gimnasio había algo remotamente parecido a la paz.

Era muy difícil no perder de vista el tema. Para Hart, esos once días fueron más bien como una operación militar a gran escala. Y a veces sólo se palpaba el ambiente bélico.

Había batallas por las canciones que debían ser o no ser cantadas. Había un guerra abierta por los números que debían ser o no ser incluidos y, una vez que aquello se decidió, hubo acaloradas disputas sobre el orden del programa.

Había enfrentamientos entre los posibles escritores de la narración, desacuerdos acerca de la propia narración, controversias sobre los distintos lectores y las partes que debían leer. Se firmaron alianzas y coaliciones que gobernaron el mundo durante un día o dos, se disgregaron en facciones rivales y se desmoronaron. Había combates y escaramuzas, altercados y rencillas, peleas y guerrillas.

El camino hacia la paz no era nada fácil. Pero, por fortuna, todos los conflictos tuvieron lugar en el marco de una frágil, pero milagrosamente efectiva democracia de sexto curso.

Y entre las disputas y los altercados, Hart vislumbró el progreso, hora tras hora, día tras día.

Los conciertos del colegio solían contar con la ayuda de los padres, y éste no era una excepción. Cuando la brigada de los progenitores empezó a trabajar codo a codo con los chicos, Hart tuvo la seguridad, por primera vez, de que el concierto se iba a celebrar. Aún podía acabar siendo un absoluto fracaso, cierto, pero celebrarse se celebraba.

Al menos una docena de papás y mamás se pusieron a ayudar a Colleen y su tropa de decoradores, algunos directamente y otros donando materiales. Cartulina, espuma de poliestireno, pintura, pegamento, purpurina, cuerda y alambre se amontonaron de tal forma que la operación decorativa tuvo que trasladarse del coro al gimnasio.

Una mamá compró una máquina de coser portátil y juntó tres sábanas. Bajo la dirección de Allison, tres padres más ayudaron a un grupo de chicos a pintar la gigantesca pancarta. Después se encargaron de otros carteles y pancartas de menor tamaño.

El domingo anterior al concierto, que se celebraba el miércoles, seis mamás y cuatro papás aparecieron para ayudar a colgar los adornos y ajustar el sistema de sonido y colocar las sillas plegables siguiendo el modelo diseñado por Jim Barker. No iba a haber ninguna plataforma elevada ni la iluminación iba a recordar a un programa de la televisión, pero Jim había presentado algunas ideas creativas que el coro había votado y aprobado.

El padre de Lisa Morton había decidido no gastarse los doce mil dólares que costaban los cables y los arneses que hubieran permitido el vuelo angelical de su hija, pero entre Lisa y él habían dado con algo casi igual de impresionante. Y en esa última tarde de domingo los dos trabajaron duramente en el gimnasio.

El señor Meinert se mantenía en segundo plano, pero ayudaba lo que podía. Él fue quien convenció a los profesores de educación física para que compartieran sus clases y no utilizaran el gimnasio antiguo durante unos días. Él fue quien pidió a los profesores que debían vigilar el recreo después de comer para que llevaran los niños al patio, en esos desapacibles días de diciembre, en vez de al gimnasio antiguo. Él fue quien se encargó de asegurarle al director que no había perdido la cabeza y que no intentaba ponerle al colegio un ojo morado al dejar que los chicos organizaran el concierto. Él fue quien más madrugó para llegar el primero, y quien ensayó con los solistas cuando le tocaba comer, y quien se quedaba más tiempo por las tardes. Él fue el encargado de abrir las puertas del gimnasio el sábado por la mañana y el domingo por la tarde, y de cerrarlas cuando se iban todos.

El señor Meinert también fue quien intentó mantener la paz en su propia casa. Las horas extra que pasaba en el colegio no le permitían buscar otro empleo. Y a Lucy Meinert, su mujer, le parecía muy mal que pasara allí tanto tiempo, y tenía mucho que decir al respecto:

—Cuando me contaste que ibas a dejarles todo el lío del concierto a los desagradecidos esos de tus alumnos, ¿qué hice yo? Aplaudí. Te elogié. Y pensé: "Por fin mi maravilloso marido se está espabilando un poco. Por fin se da cuenta de lo mal que le ha tratado el sistema escolar". Y ahora esto. Por favor, David. ¿Sabes qué? Pues que me alegro de que te despidan. Porque no sé si podría soportar quedarme mirando sin hacer nada, mientras alguien que quiero lucha por seguir dando clases ¡cuando sabe que toda su carrera se va pique!

Y el señor Meinert fue quien tocaba pacientemente el piano, acompañando al coro en cada hora de clase, mientras los chicos hacían lo que podían para aprender un montón de canciones nuevas en un tiempo récord. Por invitación de Hart, les ofreció sugerencias sobre las canciones que iban bien con el tema, y también hizo sugerencias sobre la última canción del concierto. Pero, una vez que el coro hubo elegido, fue un mero acompañante. Eso fue lo peor. Quería dar órdenes. Quería enseñar las voces de las canciones a los niños. Pero no era posible. Afrontó el hecho de que todas las canciones se interpretarían al unísono, como las de primer curso.

Mientras el coro destrozaba pronunciaciones y arrastraba palabras y se deslizaba de una nota a otra en vez de hacer transiciones nítidas, ignoró sus años de formación musical. Guardó su anhelo de perfección coral para él solo; se concentró en el hecho de que, con una mínima ayuda, tanto suya como de otras personas, esos chicos estaban creando algo único, incluso precioso. Bueno… *precioso* quizá era mucho decir.

Pero, a pesar de los pesares, el señor Meinert estaba deseando que llegara el miércoles por la noche, como un padre espera que su hijo dé sus primeros pasitos solo… solo, pero no del todo.

PAZ

El 22 de diciembre por la tarde el Centro Palmer de enseñanza media estaba de bote en bote. Más de cuatrocientos padres, profesores y parientes asistían al concierto.

Comenzando puntualmente a las 7, la banda de sexto interpretó con acierto su selección, y el aplauso fue caluroso y prolongado.

La orquesta de sexto se peleó un poco con Mozart y se enzarzó en un verdadero combate de lucha libre con Beethoven. Pero, en resumidas cuentas, se trataba de buena música y de buena formación, así que, una vez más, los aplausos llenaron el auditorio.

Siguiendo las instrucciones del programa, el gentío pasó a la cafetería, aprovechando el entreacto para tomar un refrigerio, y después siguió los carteles que conducían al gimnasio antiguo. Algunas de las familias con niños pequeños se marcharon a casa, y otras familias sin hijos que cantaran en el coro también. Pero más de trescientas personas se quedaron.

El coro de sexto estaba preparado.

El vestíbulo del gimnasio había sido decorado como un vestíbulo del USO, un lugar donde pueden acudir los soldados cuando están lejos de casa. Había cintas rojas, blancas y azules por todas partes, así como grandes pancartas:

¡PAZ! ¡PAZ!

¡TODAS LAS GUERRAS HAN TERMINADO!

¡TODO EL MUNDO VUELVE A CASA
PARA LAS FIESTAS!

¡ESTA NOCHE FUNCIÓN GRATIS!

En un rincón había un pequeño escenario, y varios alumnos del coro (Ed Farley y tres papanatas más incluidos) vestidos de soldados contemplaban el espectáculo. Y el espectáculo era Carl Preston, con su traje de mago al completo. Durante el entreacto había hecho su truco de cartas y cuatro de sus mejores números. A los niños pequeños les encantó, y al abuelo de Carl también.

Después de admirar la representación del vestíbulo, los asistentes entraron en el gimnasio y se sentaron en silencio. Hubiera sido grosero entablar conversaciones porque, en el escenario del fondo, Shannon y Olivia interpretaban la danza de los pastores. Los focos dejaban caer un resplandor rojizo sobre las bailarinas. La música era alegre y festiva, pero pacífica, que de eso se trataba. Incluso Tom Denby tuvo que admitir que las chicas eran gráciles… y tenían talento. También eran hermosas. La danza sólo duraba unos tres minutos, así que la bailaron cuatro veces antes de que el público acabara de acomodarse, y después hicieron reverencias a los aplausos.

Cuando el vestíbulo se vació y las bailarinas dejaron de hacer reverencias, el telón se cerró y las luces se fueron apagando. El gimnasio quedó en penumbra, iluminado únicamente por el tenue resplandor rojo de los letreros de SALIDA.

Desde muy lejos, más allá del resonante vestíbulo, se oyó el repique grave de una campana, *dong, dong, dong*, y el público guardó silencio, intentando escuchar el sonido distante.

Cuando esa campana dejó de sonar, otra de una tonalidad más aguda empezó a repicar detrás del telón. Y una tercera lo hizo desde el fondo de la sala, en la tribuna superior. Una cuarta, escondida en un armario de la pared este del gimnasio, se sumó al repique.

Las campanadas se fueron apagando y el telón se abrió. Cientos de estrellas brillantes flotaban en el aire, sobre los niños del escenario. El coro de sexto dio tres pasos hacia delante, esperó un acorde de piano y empezó a cantar.

Escuché las campanas en Navidad,
su viejo cántico entonar.
Su libre y dulce voz desear
paz a la Tierra, a los hombres bondad.

El coro continuó tarareando la melodía, y un foco situado en un lateral del escenario iluminó a Carolyn

Payton. Ella se acercó al micrófono, rodeada de luz, y leyó una hoja de papel.

—Este año el coro ha elegido las canciones y ha hecho los decorados y ha realizado sus propias ideas. Y, como tema del concierto, hemos elegido una sola idea, una idea muy importante: la paz.

"El tiempo de las fiestas es un tiempo para las tradiciones. Algunas de estas tradiciones se remontan a cientos de años atrás, como la Navidad, Hanukkah y el Ramadán. Y otras son más recientes, como el Día de Acción de Gracias y Kwanzaa. Pero antiguas o modernas, en cualquier parte del mundo estas tradiciones nos unen a nuestras creencias y a nuestras familias. Las fiestas nos recuerdan que cada familia quiere vivir y celebrar sus cultos en paz y libertad. Paz. Esto es lo que esperan las familias de cualquier lugar. Y por eso nuestro concierto tiene un nombre especial este año.

Mientras la enorme pancarta se desenrollaba desde lo alto del escenario, Carolyn dijo:

—Bienvenidos a... ¡Esperanza Invernal! ¡Bienvenidos!

El piano emitió un acorde, el coro se separó a izquierda y derecha y, en el centro iluminado del escenario, cuatro paneles altos de cartón se desplegaron del suelo. En el primero había una pintura de un árbol de Navidad, en el segundo una *menorah* dorada, en el tercero una media luna plateada y en el cuarto un *kinara* verde. Y el coro cantó *Te deseamos feliz Navidad*:

¡Te deseamos felices fiestas!
¡Te deseamos felices fiestas!
¡Te deseamos felices fiestas!
¡Un Año Nuevo feliz!

Venimos con buenas nuevas
para los tuyos y para ti.
Buenas nuevas para las fiestas.
¡Un Año Nuevo feliz!

Hubo una salva de aplausos y, cuando se desvanecían, Ross se acercó al micrófono.

—Si no esperáramos la paz, ¿podríamos seguir diciéndonos felices fiestas unos a otros? Y si no hubiera paz, ¿no se acabarían las canciones alegres? ¿Y si *Jingle Bells* se hubiera escrito en tiempos de guerra?

Las luces perdieron intensidad hasta llegar a un azul tenebroso, y el coro se extendió lentamente por el escenario, gimiendo la letra mientras el señor Meinert tocaba la melodía en un tono menor.

Todo es malo, todo es malo,
nada me hace feliz.
Las noticias son terribles,
no sé donde está papá.
Qué triste estoy, qué triste estoy,
ya no quiero jugar.
Si la guerra se acabara
podría respirar.

La luz volvió a caer sobre Ross.

—Pero la canción fue escrita en tiempos de paz, y está llena de alegría. Así que vamos a cantar el verdadero *Jingle Bells*; y nos gustaría que nos acompañaran.

La letra de la canción apareció en una pantalla sobre la pared situada junto al escenario y, mientras cientos de personas empezaban a cantar, las puertas laterales se abrieron e irrumpió en el gimnasio un trineo de factura casera: un cochecito de bebé maquillado con cartulina y pintura. Tom Denby, con una cabeza de caballo de plástico y una cola de cuerda deshilachada, trotó arriba y abajo por los pasillos al ritmo de la música, arrastrando el carricoche y relinchando a intervalos regulares.

Y conduciendo el trineo no iba otro que Tim Miller haciendo de Elvis disfrazado de Papá Noel. Sin barba. Elvis balanceaba las caderas y cantaba a voz en cuello, mientras aporreaba las cuerdas de una guitarra eléctrica de verdad conectada a un amplificador portátil, enganchado al cochecito con correas elásticas. Tim como Elvis de Papá Noel tuvo un éxito arrollador.

Durante el karaoke, Hart ocupó su sitio preferido en los conciertos: la última fila del coro. Sus compañeros querían que ocupara el lugar del director, pero él se negó. Ya tenía bastantes preocupaciones como para hacer el tonto fingiendo que sabía dirigir un coro.

Su boca emitía la letra y la música de *Jingle Bells*, pero su mente deambulaba por todas partes, hablando sola, tratando de acordarse de mil cosas a la vez. "O sea… o sea, que ahora viene la canción de Shalom. ¿Y después? ¿Pero cuál venía después? Ah, sí, sí… La de las peonzas… y hay que entrar en momentos distintos… mi grupo primero y luego el de Billy… ¿o era al revés? Un momento… No… Y lo de Shalom es… ¡Anda!… ¿y las pilas? ¿Me las ha dado papá? Porque con cincuenta no llega… y las luces… porque eso significa… ¿o viene ahora la de las peonzas?".

A pesar de que el embrollo de la mente de Hart era considerable, el del vestíbulo era mucho mayor. Los alumnos enfundados en trajes de peonza habían estado practicando sus giros, y uno de ellos había desparramado buena parte de su cena por el suelo. Al no encontrar al conserje por ninguna parte, un padre y una madre trataban de arreglar el desaguisado con pañuelos de papel y una botella de agua mineral.

Colleen, la directora de escena, tenía tres walkie-talkies enganchados al jersey: uno para hablar con los chicos encargados de las luces, otro para los que movían objetos sobre el escenario y otro más para mantenerse en contacto con el señor Meinert. Agarró uno de ellos y espetó:

—¡Señor Meinert! ¡Señor Meinert! ¡Una peonza acaba de vomitar! ¡Toque otra vez *Jingle Bells*!

Así que el karaoke se prolongó un poco más, pero a nadie pareció importarle, y a Tim Miller menos.

Hart se preocupaba en vano. *Shalom Chevarim* comenzó mientras Jenna explicaba la conexión entre el Hanukkah y la esperanza de que llegara la paz. A Hart le encantaba esa canción. Durante los ensayos se había convertido en su favorita, porque el coro la cantaba en canon, con tres grupos distintos. La melodía en sí misma era muy bonita, pero, cuando el grupo de Hart se unió a los demás, el encuentro de la armonía y las voces entrelazadas fue bellísimo, poderoso y auténtico.

En el escenario, frente al público donde se encontraban su familia y sus vecinos, Hart se alegró una vez más de estar en la última fila. Y se alegró de que hubiera muchos otros niños cantando, porque se le hizo un nudo en la garganta. La música, la armonía, la manera en que se estaba desarrollando el concierto le dieron una sensación de plenitud que nunca había sentido.

Después, *Tengo una peoncita* conmemoró el lado festivo del Hanukkah, y las grandes peonzas giratorias hicieron reír a todo el mundo, excepto a un niñito de la primera fila que anunció para todo el que quisiera escuchar:

—¡Huele a vómito!

Cuando las peonzas acabaron de hacer sus reverencias, todos los alumnos del coro bajaron del escenario y se encaminaron al fondo del gimnasio: la mitad por un lateral, la otra mitad por el otro. Una vez que rodearon al público, con una separación aproximada de un metro entre alumno y alumno, la intensidad de las luces disminuyó y el señor Meinert tocó un acorde. Sin presentación, el coro empezó a cantar.

Oh, pueblito de Belén,
con qué calma reposas.
Sobre tu dormir sin sueños
las estrellas pasan silenciosas.
Mas en tus oscuras calles brilla
la luz imperecedera.
Esperanzas y miedos de todos los años
esta noche en ti se encuentran.

Entonces una luz iluminó a Allie Marston, que leyó una hojita de papel.

—¿Cuáles son las esperanzas y los miedos de todos los años? Quizá esa esperanza sea nuestro anhelo de paz. Y quizá ese miedo sea el temor de que nunca haya paz en la Tierra. Cuando los ángeles se aparecieron a los pastores de Belén, cantaron:

Este año, ahora mismo, ésta es nuestra esperanza, y la compartimos con todos.

La sala estaba totalmente a oscuras. El señor Meinert tocó una introducción con el piano, y en la parte delantera del gimnasio una chica encendió una linterna y la enfocó a su cara. Era Janie Kingston: cantó los dos primeros versos, con voz dulce y clara. Según se le iban uniendo, otros niños iluminaban sus propios rostros.

Que haya paz en la Tierra,
que la paz habite en mí.
Que haya paz en la Tierra,
la paz que debe existir.

Con Dios nuestro Creador
los niños queremos ir.
Queremos caminar juntos
y en armonía vivir.

El piano repitió la melodía de los dos primeros versos y setenta rayos de luz se elevaron y se encontraron en el centro, por encima del público. Y bañado por esa luz, con alas de oro y vestido de plata, un ángel descendió.

No era Lisa Morton. Era un muñeco que había hecho con la ayuda de su madre. Su padre y su hermano mayor estaban en la tribuna, controlándolo con un sistema de poleas y sedal.

Las luces de las linternas siguieron al ángel mientras describía gráciles círculos sobre el público y la canción llegaba a su fin.

Que la paz habite en mí,
que la paz venga hoy;
y con cada paso que avance,
mi firme promesa doy:

pasar cada instante y vivir cada instante
eternamente en paz.
Que haya paz en la Tierra,
Que haya paz en mí.

El coro repitió los dos últimos versos y, cuando llegó a las palabras *en mí*, Janie las cantó sola. Después diez de los chicos situados al otro lado del público repitieron: *en mí*, y diez más se les unieron sucesivamente hasta que, en la sexta repetición, todo el coro cantó las palabras por última vez. *¡En mí!*

Las luces se encendieron, el coro hizo una reverencia y, después, el público en pleno (cada mamá y cada papá, cada abuela y cada abuelo, cada tía, tío, vecino y amigo) se levantó al unísono y empezó a aplaudir. El aplauso se prolongó durante un minuto, y luego durante otro, sin estridencias, sin gritos ni pataleos, pero sí con profundo sentimiento y muchos ojos húmedos.

El aplauso continuó porque todos sabían que acababan de ver algo extraordinario, y porque todos sabían que, si dejaban de aplaudir, el concierto se acabaría. Y nadie quería que terminara.

El señor Meinert tampoco.

Se sentó en la banqueta del piano. No se levantó ni hizo reverencias, pero miró al público y se encontró con el rostro de su mujer, sentada en la cuarta fila, las mejillas llenas de lágrimas. Él sonrió y ella también. Y él supo que, ahora, Lucy Meinert lo entendía; entendía por qué no había abandonado, por qué siempre había creído que la enseñanza tenía futuro.

Los aplausos se apagaron por fin.

Hart Evans se acercó a sus padres y soportó estoicamente un gran abrazo de su mamá. Su hermana Sara hizo una mueca mientras le enseñaba una copia del programa.

—¿Por qué pone "Coro de sexto. Director: Hart Evans"?

Hart se encogió de hombros.

—Será una broma.

Pero dobló cuidadosamente el programa y lo guardó en su bolsillo trasero.

Su papá le estrechó la mano y la sacudió arriba y abajo.

—¡Es el *mejor* concierto que he visto en mi vida! "Director: Hart Evans". No es ninguna broma. Estoy muy orgulloso de ti.

Hart sonrió, pero no supo qué decir, y sintió que su cara se ponía roja. Su madre llegó al rescate.

—¿Y si vamos a tomar un helado?

Hart dijo:

—Sí, estupendo —entonces se volvió con rapidez, buscando al señor Meinert. No lo veía por ninguna parte—. Tengo que ir un momento detrás del escenario; enseguida vuelvo.

El señor Meinert no estaba en el escenario ni entre bastidores. Hart vio a Colleen y se acercó al trote.

—Colleen, ¡buen trabajo!

Colleen sonrió y dijo:

—Gracias, lo mismo te digo.

—¿Has visto al señor Meinert?

Colleen señaló.

—Se ha ido por ahí con un montón de hojas de música. Supongo que a llevarlas a clase.

Hart salió al pasillo.

CODA

Cuando Hart echó un vistazo al aula del coro desde el umbral, vio dos luces encendidas en la parte delantera. El señor Meinert estaba de pie junto a su escritorio, mirando una caja.

Hart se quedó en la puerta; había algo en la postura del profesor, su ligera inclinación hacia delante, sus manos apoyadas en el respaldo de la silla, que lo detuvo. Le pareció que interrumpía algo.

Dio unos golpecitos en el marco de la puerta.

El señor Meinert respingó un poco pero, cuando vio que era Hart, una gran sonrisa iluminó su cara.

—¿Señor Meinert? ¿Puedo pasar?

—Por supuesto —contestó—. Qué concierto tan *magnífico*, Hart. De verdad. Uno de los mejores… de la historia.

Hart también sonrió.

—Gracias. Lo he estado buscando en el gimnasio, pero ya se había ido. Y Colleen me ha dicho que podía estar aquí. Es que quería darle las gracias. Porque, si no hubiera sido por usted, no hubiéramos podido dar ningún concierto; como éste no, digo —Hart sintió que se avergonzaba de nuevo, que se ponía como un tomate—. O sea, que… gracias.

Se acercó al escritorio y tendió su mano derecha; el señor Meinert se la estrechó.

Y entonces Hart vio lo que había en la caja: unas tijeras grandes que llevaban el nombre del señor Meinert, el calendario para escritorio de los "Grandes músicos", una pila de revistas de *El educador de música* y seis o siete libros con *señor Meinert* garabateado en la cubierta.

—¿Por qué está vaciando su escritorio? ¿Se cambia de clase?

El señor Meinert tardó un poco en responder.

—No voy a volver después de las fiestas. Por los recortes de presupuesto del pueblo. Así que tengo que buscarme otro trabajo.

Hart se quedó estupefacto.

—¿Quiere decir que le *despiden*? ¡No pueden hacer eso! ¿Quién nos va a dar clase en el coro?

El señor Meinert sonrió y levantó el brazo como un guardia urbano.

—No, no, no, no me despiden. Eliminan mi trabajo, y *pueden* hacerlo. No sé quién dará clase al coro, ni si seguirá habiendo un coro en enero.

—Pero… pero, ¿por qué no nos lo dijo? Nosotros… nosotros podríamos haber hecho algo. Como escribir cartas… o hacer una petición… o organizar una manifestación… ¡algo!

El señor Meinert volvió a sonreír.

—Por eso mismo no deseábamos que esto se supiera antes de las vacaciones. Todos teníamos trabajo que hacer y no queríamos recibir muestras de condolencia a todas horas.

Hart estaba perplejo y bastante enfadado.

—Pero… pero… ¡no es justo!

El señor Meinert asintió.

—No puedo estar más de acuerdo. Pero esto es lo que hay, de momento al menos. A veces las cosas cambian, ya sabes; a veces toman un rumbo inesperado.

Ahora fue el señor Meinert el que tendió la mano.

—Así que tendremos que decirnos adiós, al menos por ahora. Ha sido un placer trabajar contigo, Hart.

Hart estrechó una vez más la mano de su profesor, luchando por deshacer el nudo que le oprimía la garganta. Se las arregló para sonreír y dijo:

—Hasta pronto.

Se volvió y se encaminó hacia la puerta.

—Hart, espera un segundo. Quiero que te quedes con esto.

Hart desanduvo el camino, y el señor Meinert miró en su caja y sacó un sobre.

—Supongo que podré soportar desprenderme de una. La otra me la guardo.

El señor Meinert rebuscó en el sobre y sacó una goma elástica.

—Puede que no debiera decir esto, pero lo voy a decir de todos modos: gracias por haber dejado que me las quedara. Era justo lo que me hacía falta.

Hart esbozó una sonrisilla.

—Sí —dijo—. A mí también me ha venido muy bien.

El señor Meinert cargó con la caja de su escritorio.

—Tengo que darme prisa. Mi mujer me está esperando en el coche. Que pases unas fiestas muy felices, Hart.

Hart asintió.

—Sí, usted igual. Ya nos veremos por el pueblo, ¿vale?

El profesor sonrió.

—Cuenta con ello.

Al salir del aula de música detrás de Hart, el señor Meinert apagó las luces.